U0044428

三國疑雲

卷 4

女神甄宓

水的龍翔 著

目錄

第一章

青梅竹馬

歐陽茵櫻比周瑜大三歲，同是廬江舒縣人，歐陽茵櫻的家裡是書香門第，周瑜的父親周尚是縣吏，便讓自己的兒子周瑜跟隨歐陽茵櫻的父親學習書法和四書五經，周瑜管歐陽茵櫻叫姐姐，兩人青梅竹馬的生活了好幾年。

一行四人，周瑜打頭，徐盛和其餘兩名騎兵緊隨其後，向前奔馳了不到五里，便赫然看見一條大路被巨石阻擋，兩邊都是荊棘密布，很難繼續向前通行。

周瑜停了下來，看到道路被堵，便笑道：「看來，盜匪是自守之賊，設下如此路障，是不想有人通過。」

徐盛道：「大人，那我過去將巨石搬開，打通道路吧？」

周瑜驚奇地問道：「你能將那偌大的巨石搬開？」

徐盛嘿嘿笑道：「區區小石，也不過二百來斤，豈能奈何得了我？」

周瑜驚訝徐盛的膂力，也想一看究竟，便點點頭道：「那你去吧。」

徐盛翻身下馬，徑直朝前面走去，走到巨石的面前，先一塊塊的搬開一些零碎的小石，然後用盡全身力氣，搬開了那塊作為中流砥柱的巨石。

「轟！」一聲巨響，徐盛將巨石拋到了路邊。

周瑜看後，興奮地道：「誰說我東吳男兒不如北方強壯？徐盛，你以後就跟在我的身邊，好好的歷練一番，必然能夠成為一員大將。」

徐盛擦拭了一下額頭上的汗珠，笑道：「多謝大人，只是徐盛隸屬程將軍部下，如果要到大人身邊，需要一番調動。」

周瑜擺手道：「你放心，這件事由我去做，只要你肯來，好處少不了你的。」

「諾！」

道路被打通後，徐盛翻身上馬，跟著周瑜繼續向前行走。

一行人又走了不到三里，只見路越來越窄，兩邊都是荊棘，前面的路上竟然又有一堆大石擋住了去路。

徐盛見狀，便對周瑜道：「大人在此稍歇，小人去去就回。」說罷，徐盛下馬朝那堆大石走了過去。

當他走到巨石堆前的時候，伸手剛挪開一塊小的石頭，便忽然聽見一通鑼鼓喧天的響聲，緊接著，荊棘密布的灌木叢裡突然閃現出許多人來，一個個都是凶神惡煞、手持利刃的魁梧漢子，他們頭裹黃巾，腰纏紅巾，背上披著一件樹葉編成的披風。

「哈哈哈哈……你們來之不易，這個小兄弟也是一個大力士，竟然能夠搬開第一道防線的巨石，實在是佩服。不過，現在你們都已經被包圍了，識相的就下馬受綁，不然的話，立馬將你們射成刺蝟！」

這時，從人群中冒出一個蒙面的黑衣人，站在一塊高崗上，大聲地嘲笑道。

徐盛立刻回到周瑜身邊，環視一圈，見都是盜匪，便對周瑜道：「大人，現在該怎麼辦？」

周瑜顯得很是從容不迫，想道：「這群盜匪並不簡單，其中必然有能人相助。」

「聽見沒有，立刻下馬受綁！」黑衣人抬起手，四面八方都湧出了弓箭手，對準道路中央的周瑜、徐盛等四人。

徐盛道：「大人，好漢不吃眼前虧，這夥盜匪無非是為了錢財，不如我們暫時讓他們綁了，等消息傳到建鄴的時候，再拿贖金來贖不遲。」

周瑜哈哈大笑起來，說道：「吳國境內百姓安居樂業，四海昇平，哪裡會有什麼盜匪？」

他立刻揪住徐盛的衣襟，一臉陰沉地道：「你跟我說實話，這到底是怎麼回事？」

徐盛眨巴眨巴眼睛，瞪著周瑜，說道：「大人，什麼怎麼回事？我們不是來剿匪嗎？」

周瑜一把推開了徐盛，冷笑一聲，指著那群盜匪說道：「你們頭裹黃巾，以為自己就是黃巾軍了？你們打扮成這個樣子，以為就是盜匪了？你們見過哪個盜匪腳上穿著官靴、手中拿著統一的兵器？」

徐盛臉上一陣驚訝，看了看站在高崗上的盜匪，果然看見他們的腳上還穿著吳國統一的官靴，手中拿著的兵器自然不消說了。

「徐盛！你給我老實的說，今天這到底是怎麼回事？」周瑜怒吼著對徐盛說道。

徐盛一臉的吃驚，暗罵那些扮演盜匪的士兵怎麼那麼不小心，幹什麼要穿官靴啊。

他嘿嘿地乾笑了兩聲，對周瑜道：「大人，小人這也是奉命行事，不得已而為之，冒犯了大人，還請大人多多包涵。」

周瑜看了眼周圍的人，估摸一下，差不多有一百人，加上剛才來的時候帶領的三百騎兵，便對徐盛道：「你老實跟我說，你究竟現居何職？」

「小人乃是程普將軍帳下一名軍司馬……」

周瑜不再說話了，看著那些裹著黃巾的士兵，喝令道：「我是建鄴令周瑜，你們都給我聽著，全部給我卸去偽裝！」

眾人面面相覷，卻又不敢違抗，便紛紛卸去了偽裝。

只是，站在高崗上的那一個黑衣蒙面的人，卻未卸去裝束。

「你為什麼不卸去偽裝？」周瑜揚起馬鞭，指著站在高崗上的那個黑衣蒙面人說道。

「哈哈哈……沒想到周公瑾小小年紀，目光竟然如此敏銳，竟然能夠一眼看穿這是布置的假象，佩服佩服。」黑衣人朝著周瑜拱手說道。

周瑜可以肯定，那黑衣人的身分必然特殊，不然的話，又如何能夠讓吳王一起來誆騙他，他心中奇怪：「大王一向穩重，為何會突然做出這樣的事情來？」

黑衣人見周瑜若有所思的樣子，笑道：「你不用再想了，我現在就讓你知道我是誰。」

說完，黑衣人便揭開了面紗。

周瑜看了，一臉的驚詫，失聲道：「燕……燕王？」

「不錯，正是我。」

黑衣人便是高飛，這一切，都是他和孫堅一起安排好的，只是，他沒有算計到會被周瑜識破。

周瑜皺著眉頭，納悶道：「吳王和燕王這到底是要做什麼？兩個人都是一國之主，怎麼可以做出這樣的事情來？」

高飛見周瑜不語，便對周瑜身邊的徐盛說道：「徐司馬，辛苦你了，既然已經被周大人給識破了，也就沒有必要再演下去了，你帶著兵馬和周大人一起回去吧。」

徐盛聽後，抱拳道：「諾！」

周瑜也不願意在此久等，調轉馬頭，看了高飛一眼，目光中充滿了憎恨，心想：「這是在羞辱我，嚴重的羞辱。高飛，你給我等著，我一定不會讓你活著離開吳國的。」

兵馬跟隨著周瑜、徐盛離去，高崗上登時只剩下高飛一個人。

高飛看著遠去的周瑜背影，暗暗想道：「我太低估這個年輕人了。」

他轉身下了高崗，走進一個樹林裡，對裡面的人喊道：「出來吧。」

話音一落，歐陽茵櫻在甘寧、文聘的陪同下一起走了出來，三個人都是身著戎裝。

「王上，我們太低估周瑜了。我看，這件事就不用王上操心了，我自有辦法俘虜他的心。」

「你能有什麼辦法？」高飛問道。

「這就不勞王上關心了，既然我已經做了決定，就該由我親自出面，我一會兒回到建鄴城裡，就去拜訪周瑜。」歐陽茵櫻說道。

高飛道：「好吧，那我們現在也趕回去吧，估計回到建鄴也已經是夜晚了。」

「諾！」甘寧、文聘齊聲道。

夜幕降臨的時候，整個建鄴城漸漸地遠離了白天的喧囂，除了正常巡夜的士兵外，幾乎所有的人都很早的進入了夢想。

此時的江南，還是個貧瘠之地，根本沒有明清時候那麼的富庶和繁華，「煙花三月下揚州」之說的時代也並未開啟，因為，在這個時代，經濟重心還在北方，江南除了少數郡縣外，其餘幾乎都是不毛之地，或者是被山越給占領著。

所以，建鄴城雖然是吳國新建的一座大城，但無論是人口還是商貿，都比不上薊城，夜晚也顯得冷清的多。

高飛、歐陽茵櫻、甘寧、文聘四人每個人騎著一匹快馬，駛進建鄴城後，便在城門口分開，高飛、甘寧、文聘回吳王宮，歐陽茵櫻則獨自一人去找周瑜。

「王上，郡主一個人去，真的不會有事嗎？要不，屬下去暗中保護郡主吧？」文聘說道。

「不用了，小櫻既然已經做出決定，她自己會照顧好自己的。你們都累了一天了，好好的回去睡覺就是了。」高飛擺手道。

文聘「諾」了聲，問道：「王上，如今貨物都已經給吳國卸下來了，我們就這麼空著船回去，是不是不太好？」

高飛笑道：「這個不用你們操心，回去的時候，肯定是滿載而歸。甘寧，你今晚就好好休息，什麼都不用做，吳王的宮殿內，守衛是很森嚴的，我堅信，在這座王城裡，只要孫堅不對我起殺心，沒有人可以動得了我。」

「諾！」

建鄴城的縣衙裡，四處一片黑暗，只有東廂房還在亮著光，顯得格外的引人注目。

微弱的燈光下，周瑜一手捧著竹簡，一手拿著蠟燭，孜孜不倦的看著竹簡上的文字，專心地念道：

「兵者，國之大事，死生之地，存亡之道，不可不察也。故經之以五事，校之以計，而索其情：一曰道，二曰天，三曰地，四曰將，五曰法……」

「咚咚咚！」

一陣急促的敲門聲打斷了周瑜正在誦念的孫子兵法，他微怒地向門外喊道：

「我不是說過了不吃飯嘛，我不餓，別再來打擾我了。」

「大人，不是小的有意來打擾大人，實在是不得不來打擾大人，門外有一個

自稱歐陽茵櫻的姑娘想見大人。」

周瑜聽到這個名字，急忙放下蠟燭和孫子兵法，快步走到了門口，拉開門，問道：「你剛才說什麼？是誰要見我？」

「一個姑娘，叫歐陽茵櫻……」

周瑜不等那看門人把話說完，便問道：「歐陽姑娘在哪裡？」

「還在門外……」

「你怎麼這麼不會辦事，來了客人，為什麼不把人給請進來？去去去，快去將歐陽姑娘請進客廳。」

「諾！」

周瑜轉身進了房間，拉起自己的衣服聞了聞，滿身都是汗臭味，趕緊脫了下來，換了身乾淨的衣服，這才出房間。

會客大廳裡，燈火已經被幾名僕人給點亮了，整個大廳頓時燈火通明，被照得如同白晝。

周瑜來到客廳外面，看到歐陽茵櫻穿著一身戎裝，端坐在客廳裡，急忙整理了一下衣衫，大踏步地走進客廳，先摒退左右，這才畢恭畢敬地說道：「周公瑾這廂有禮了。」

歐陽茵櫻早就注意到周瑜來了，只是她不動聲色地坐在那裡，心中暗想：「沒想到六年不見，周瑜居然長成一個小大人了，而且竟然是那樣的俊朗……」

周瑜見歐陽茵櫻在打量他，便朝自己身上看了看，問道：「姐姐這樣看著我，莫不是我身上有泥巴嗎？」

歐陽茵櫻比周瑜大三歲，兩人同是廬江舒縣人，歐陽茵櫻的家裡是書香門第，揚州世家，祖上多是在朝為官的人，而周瑜的父親周尚是縣吏，常常會因為公事來向歐陽茵櫻的父親請教，這一來二去的，周尚便和歐陽茵櫻的父親成了好友。

周尚便讓自己的兒子周瑜跟隨歐陽茵櫻的父親學習書法和四書五經，周瑜因而寄居在歐陽茵櫻的家裡。歐陽茵櫻和周瑜也就是那時候認識的，周瑜管歐陽茵櫻叫姐姐，兩個人青梅竹馬的生活了好幾年。

無奈好景不長，歐陽茵櫻十二歲那年，父親因為得罪了揚州刺史劉繇，不得不被迫舉家遷徙，先是到了徐州，再到青州，始終未能逃脫揚州刺史劉繇的迫害，便浮海東渡去了遼東，這才躲過了一時。

也是那一年，歐陽茵櫻和周瑜才分開。如今，兩個少時玩伴時隔六年重新見面，自然有一番異樣的情懷。

其實，周瑜在曲阿就見到了歐陽茵櫻，當他看見歐陽茵櫻跟在高飛的身邊，自報是燕國的郡主時，他覺得自己或許是認錯人了，畢竟六年不見，人的長相變化很大，而且天底下相像之人非常多，他只匆匆看了一眼，雖然覺得有點相似，但未動聲色。

今日再次見到歐陽茵櫻，他才敢肯定，坐在這裡的歐陽茵櫻，就是那天自稱是燕國郡主的人。

「你還好吧？」

歐陽茵櫻對周瑜有一種抹不去的情愫，她說不出那是怎樣的一種感覺，只覺得見到周瑜時，呼吸就有點不太正常，像是快要窒息了一樣。

「我很好，只是，我沒有想到，和姐姐六年不見，姐姐竟然成了燕國的郡主。姐姐這次來找我，應該是有什麼重要的事吧？」

周瑜坐了下來，心底的那種喜悅，在見到歐陽茵櫻後漸漸地消退，只因他深惡痛絕所有跟燕國有關的一切。

「沒事難道就不能來找你嗎？」歐陽茵櫻反問。

「當然可以，只是，我覺得姐姐來這裡的目的，應該和燕王有關。」

「公瑾，你還是像小時候一樣聰明，真的很好。」

「姐姐有什麼事就請直說吧，沒必要吞吞吐吐的，我已經不再是以前的那個周公瑾了……」

客廳內的氣氛並不是很好，由於周瑜對燕國的一切都很排斥，以至於他和歐陽茵櫻之間的關係也有些緊張起來。

歐陽茵櫻靜坐在那裡，聽了周瑜的話，心裡暗暗想道：「如今的周公瑾，確實不再是當年的那個周公瑾了，雖然年輕，但是對事情的看法已經有自己獨到的見解……」

「姐姐怎麼不說話？要是無話可說的話，那就請姐姐回去吧，夜深了，姐姐也該休息了。」

周瑜見歐陽茵櫻沉默不語，便站起身子，有意無意的暗示著逐客。

歐陽茵櫻沒有動彈，動了動她的櫻桃小嘴，緩緩道：「在公瑾的眼裡，燕王是何許人也？」

周瑜一聽燕王這兩個字就來氣，像是上輩子燕王欠了他許多債一樣，冷哼一聲道：「燕王居心叵測，偽君子一個，是十足的奸詐小人……」

歐陽茵櫻不動聲色，繼續說道：「原來在你的眼裡，燕王是這樣的一個人。不過，你可知道燕王此次來吳國所為何事嗎？」

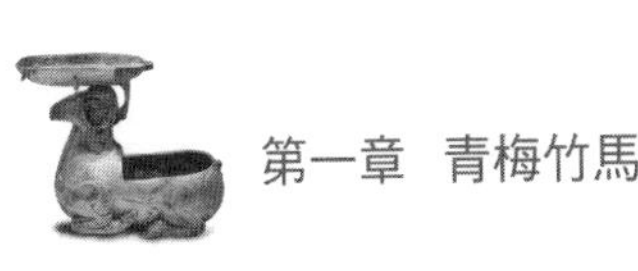

「除了刺探吳國機要，還能做什麼？怪只怪我的大王太過重情重義，如果是我的話，燕王還未踏入吳國，就會被我一舉斬殺了。」周瑜嫉惡如仇地說道。

「呵呵，如果吳王真的是你的話，燕王根本不會前來。我實話告訴你，燕王此行的目的，並不是為了刺探什麼機要，吳國內部的一切，不用什麼斥候、細作，燕王就能瞭若指掌。燕王從來不認為自己是一個君子，可他也算不上是一個小人，**他做的每一件事，都是為了全天下的百姓著想**，為了百姓，他可以屏棄一切，這樣的人，足可以擔當起天下的重任。不然，那些文臣武將為何為拼死的為燕王賣命？」

「不消說，肯定是燕王用重金收買的，許以高官厚祿。他敢為天下先，手持傳國玉璽，率先異姓稱王，這已經和大漢背離的太遠。大漢天子尚在長安，他拿到傳國玉璽，不把玉璽送到長安，卻據為己有，而且還敢公然稱王，這根本是將大漢視為無物！這樣的人，也配稱得上是擔起天下重任的人？還有，他以傳國玉璽為名，兩次挑起洛陽一帶的群雄混戰，使得洛陽百姓流離失所，背井離鄉，這樣的人也叫為百姓著想？」周瑜吐嘈道。

歐陽茵櫻反駁：「那麼，試問公瑾，**你的心中，可否一直裝著大漢的天子？你的行為舉止是否一直裝著大漢的律曆？**大漢在經歷過黃巾之亂後，朝廷已經名存實亡，燕王起於微末，平定河北黃巾、掃平涼州羌人作亂、剷除十常侍、說服烏桓人重新依附大漢，東定東夷，北逐鮮卑，西和匈奴，哪一項不是赫赫的戰功？除此之外，他勤修水利，廣墾良田，招散流離失所的百姓，鼓勵牧人、商人，開設鹽鐵，輕徭役，薄賦稅，不僅保衛了大漢的北部邊疆，還使得成千上萬的百姓安居樂業，人人有衣穿，人人有飯吃，人人有地耕，這樣的人，怎麼不能肩負起天下的重任？」

「道不同，不相為謀。姐姐是燕國的郡主，自然會幫著燕王說話，既然如此，那就沒什麼可談的了，請姐姐回去吧，我要休息了。」周瑜一臉冷漠地道。

歐陽茵櫻站起身，走到周瑜面前，注視著周瑜，問道：「你想知道燕王此行的目的嗎？」

周瑜表情有點動容，但是高傲的他從不求人，冷哼道：「姐姐願意說就說，不願意說，我也不勉強，不管姐姐願意還是不願意說，我早晚都會知道答案的。」

歐陽茵櫻道：「公瑾，你變了，以前你是最聽我的話的，小時候的你……」

「都過去了，還提它做什麼？再說，姐姐也不是變了嗎？當年歐陽家的大小姐，卻變成了今日的燕國郡主……」

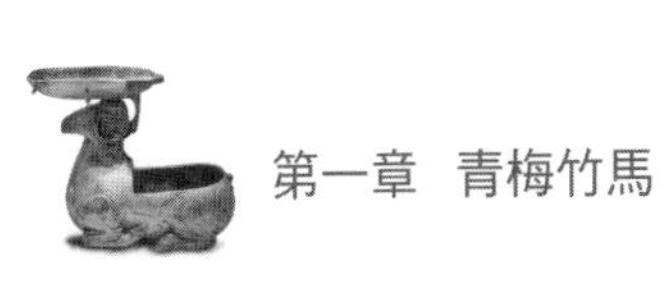

「那你告訴我，**你的心是否變了？姐姐在你的心目中，真的已經成了一個不可饒恕的人了嗎？**」

周瑜看著一臉英氣的歐陽茵櫻，比之他小時候見到的那個歐陽茵櫻還要更加的美麗動人，而且也成熟許多。一身戎裝的歐陽茵櫻，看上去十分的得體，玲瓏的軀體上有一張嬌豔的臉龐，無論放在哪裡，都只能用兩個字來形容——美女。

就在這一刻，周瑜想起了歐陽茵櫻以前經常牽著他的手，帶著他一起去遊山玩水、讀書寫字的往事。那時候，**他多麼希望一輩子就被她牽著，就這樣一直牽著手一路走下去，一直到老去的那一天。**

她對他無微不至的照顧，讓他對她產生了依戀，當他知道她一家被揚州刺史劉繇迫害而不得不遠走他鄉時，他的心也跟著痛楚，經常一個人站在河邊面朝北方，目光中充滿了希冀，希望那個熟悉的身影再次出現，再次來牽他的手，讓他無憂無慮的快樂的生活下去。

可是，他足足等了一年，一直杳無音信，有傳言說歐陽茵櫻一家都死在青州黃巾手中，當他聽到消息的那一刻，他不願意相信，可是她沒有一點音信，又讓他不得不去相信。

於是，從那一刻開始，他就變了，**他要讓自己變得堅強，讓自己變得強大，**

在這樣的一個亂世，只有強大了，才能夠保護自己想要保護的人。

他將所有的恨都歸到了劉繇的身上，當孫堅的部隊打到廬江的時候，他與孫堅之子孫策在舒城街頭巧遇，兩個年紀相仿，同樣有著一身傲骨的少年一見如故。

在得知孫堅準備大舉進攻九江郡時，他心動了，在孫策的身上他看到了一種前所未有的希望，於是，他勸父親投靠孫堅，並且在舒城招募少年，正式成立了策瑜軍。

策瑜軍不受孫堅調遣，率先進入九江郡，因為沒有正規的裝備，而且年紀都在十一二歲左右，在別人的眼裡，這只是一群毛孩子。

可是，就是這群孩子在進入九江郡的時候，沿途收留流離失所的少年，並且成功的說服了所遇到的盜賊、江匪等流氓團體，得到周泰、蔣欽、陳武、凌操、潘璋、宋謙等人，一路奔向了揚州的刺史府所在地，壽春。

當這群孩子手持利刃，突然在壽春城中發難時，劉繇的部眾沒有一個不感到震驚的，除了凌操已經是二十多歲外，其餘人最大的不過十五六歲，最小的只有九歲，大多是一些流落江湖的孤兒，被周瑜和孫策組織起來後，立刻成為一支不可忽視的力量。

孫堅也因為壽春城中動亂，輕易的拿下了壽春，把劉繇逼到了丹陽郡。也是在這個時候，策瑜軍開始引起孫堅的重視，撥發給糧草、裝備，將之正式納入自己的部下，並且勒令讓其在壽春駐守，接受正規訓練。

兩年後，孫堅有了足夠的兵力，正式對占據江東的劉繇作戰。周瑜在整個占領揚州的戰役中，都有出色的表現，以智謀過人著稱，並且和孫策聯手，逐漸奠定了策瑜軍在吳國內部的重要性。

回憶一幕幕湧上心頭，周瑜只感覺到一種孤寂，他看著站在面前的歐陽茵櫻，一陣苦笑，心中想道：「姐姐，你可知道，**我之所以那麼早的就融入戎馬生涯裡，一切都是為了你**，劉繇死了，是被我親手殺死的，我也算是給你報仇了……」

歐陽茵櫻見周瑜沉默了很久，一副若有所思的樣子，她不知道周瑜在想什麼，兩人時隔六年再次相見，已經是物是人非，青春的萌動在此時此刻已經漸漸的淡化，有的只是兩個人之間那難以割捨的牽絆。

「你怎麼不回答我？」歐陽茵櫻終於忍不住了，皺著眉頭問道。

周瑜反問道：「**那姐姐你呢？心是否變了？**」

「沒有，我還是以前的我，還希望能夠像小時候一樣，每天牽著你的手，和你形影不離。」

歐陽茵櫻拋開少女應有的矜持和羞澀，直白地對周瑜說出了心裡的感受。

周瑜怔了一下，歐陽茵櫻變了，如果是以前，她根本不會這麼直接的說出這種讓人害羞的話來。不過，他倒是很喜歡歐陽茵櫻的爽快。

他的嘴角露出一抹似有似無的微笑，說道：「姐姐，燕王和吳王要給我指定一門親事，雖然我拒絕了，但是相信他們兩個是不會善罷甘休的。姐姐已經是燕王的人了，如今卻深夜造訪，傳出去只怕會有不妥，所以，還是請姐姐回去吧。」

「你胡說些什麼？我是燕國的郡主，**是燕王的結義妹妹！**」歐陽茵櫻聽完周瑜的話，恨不得給周瑜幾個大耳光。

周瑜聽後，也是一驚，臉上露出驚喜，道：「你說的都是真的？」

「自然是真的，郡主，是郡公主的意思，不是你想的那種關係！」

原來他對郡主這兩個字理解錯了，周瑜哈哈地大笑了兩聲，忍不住內心的喜悅，抓住歐陽茵櫻的手道：「姐姐，我錯了，我以為你已經……姐姐，**你不要再離開我了好嗎？**」

清晨的第一縷陽光照在建鄴城的吳王宮時，高飛從床上爬了起來，伸了個懶腰，抖擻了一下精神，打開窗戶，撲面而來的是一陣新鮮的空氣，空氣中夾帶著些許花香，直撲入人的心脾。

簡單的用過早飯後，高飛徑直去歐陽茵櫻的房間，敲了敲房門，可是等了片刻，房裡沒有絲毫回應，他再敲了一次，因為力道太大，不小心將沒有上門閂的房門給推了開來。讓他吃驚的是，房裡竟空無一人。

「小櫻夜不歸宿，難道說她已經把周瑜擺平了？」

帶著一絲疑問，高飛面帶微笑的來到前廳，但見甘寧、文聘都在，便道：「你們兩個都起得很早嘛。」

「參見大王。」甘寧、文聘看見高飛，立刻站起身子，恭敬地拜道。

高飛擺擺手道：「私底下就不用那麼客氣了，大家都是患難的兄弟，不用太過拘謹。對了，昨夜小櫻是一夜未歸，還是一早便出去了？」

甘寧、文聘對視了一眼，齊聲道：「臣等不知，臣等這就去尋找郡主。」

「無妨，小櫻已經是個大人了，做事自有分寸。不過，我倒希望她是徹夜未歸，而非一早便出去了。」

「大王為何如此想？」甘寧不解地道。

文聘插話道：「郡主若是一夜未歸，就說明她已經把周瑜擺平了。」

甘寧恍然大悟，可是臉上又起了一絲憂慮，說道：「大王，郡主始終是郡主，若是一夜未歸的事傳了出去，只怕影響不太好。」

「嗯，這事宜須保密。文聘，你現在就去周瑜的府上去把郡主接過來，千萬不要引起別人的懷疑……」高飛道。

「不用了。」歐陽茵櫻從外面走了進來，直接打斷了高飛的話。

「參見郡主！」甘寧、文聘齊聲道。

「二位將軍不用那麼多禮。」

高飛見歐陽茵櫻眼裡布滿了血絲，便問道：「小櫻，你該不是一夜未眠吧？」

歐陽茵櫻點點頭道：「大王，我和周瑜的婚事你不用擔心了，我已經和他說明了一切。不過，我還有一件事要和大王說……」

高飛見歐陽茵櫻吞吞吐吐的，便道：「但說無妨。」

「我和周瑜聊了一夜，在談話中透露過讓他去燕國的事，可是他並不領情，以我對周瑜的瞭解，他應該不會跟大王一起回燕國。」

「這是意料中的事。」高飛沒有感到絲毫意外，平靜地說道：「這也正是我所希望的。小櫻，那你就留下來吧，在吳國給我當臥底，以我的預測，周瑜

必將成為吳國的中流砥柱。你在他身邊，我也可以瞭解吳國的發展。此後幾年，施傑會負責和吳國通商的事，你可以將消息讓施傑傳到燕國去，正式展開無間道的任務。」

「兄長不怕我會向著周瑜嗎？」

「怕！怎麼不怕！不過，如果真的是那樣的話，我也無話可說，只能怪自己選錯了人。不過，我可以告訴你一件將來要發生的事情。」

「什麼事情？」

「在未來的幾年內，**江南會有兩個人名聲鵲起，這兩個人都是以美貌著稱，是一對姊妹花**，男人都好色，周瑜也不例外，周瑜和孫策會各娶這對姊妹花的其中一人，只要你安心的待在周瑜身邊，幫我刺探軍情，我離開吳國時，會將這對姊妹花一併帶走，以絕後患。」高飛預言道。

歐陽茵櫻對高飛的話將信將疑，可是她跟在高飛身邊好幾年了，每次高飛的預測都出奇的準，她的心裡有些害怕，每一個戀愛中的人都是自私的，不希望和別人分享自己的另外一半。

她忍不住問道：「大王怎麼知道未來的事情？」

「呵呵，我是紫微帝星轉世嘛，前生來世我都知道。」高飛自我調侃道。

歐陽茵櫻當即回道：「大王請放心，我不會辜負大王的期望。不過，大王別忘了答應過我的事情。」

「放心，我不會忘記，周瑜現在對我厭惡，完全是出於不在同一方陣營，等以後天下都是我的時，他自然會明白我的。不過，按照年齡，你比周瑜大三歲，周瑜對姐弟戀沒有什麼排斥吧？」

「這是我和周瑜的事，只要兩個人是真心的，又何必在乎年齡呢？」

「好，只要能成，我就不管那麼多啦。我現在就去見吳王，儘快把婚事給辦了，然後就等著以後抱個小外甥啦。」

「不和你說了。」歐陽茵櫻臉上一紅，扭身便走。

高飛看著歐陽茵櫻的背影，呵呵笑道：「這兩天你好好休息，一切事情都由我和吳王做主。」

「諾。」

第二章

大喬小喬

不多時，便走進來一對姐妹，兩人年紀不過七八歲，都穿著一襲紫衣，瞳若點漆，一對修長的秀眉尤為引人，瓊鼻挺直，脣線優美，稱得上絕色之姿。高飛看了，心中暗暗一驚，不禁對這對姐妹的姿色表示了讚嘆。

吳王宮的大殿裡，孫堅一臉欣喜地道：「賢弟，周瑜那小子真的同意了？」

高飛點點頭道：「嗯，同意了。」

孫堅哈哈笑了起來，好奇道：「賢弟啊，周瑜這小子可是個認死理的人，平常也是心高氣傲的，你到底是用了什麼辦法讓他同意這門親事的？」

高飛笑了笑，便將歐陽茵櫻和周瑜小時候的事講了出來。

孫堅聽後，恍然大悟道：「沒想到周公瑾和郡主還有這樣的一段往事啊，不過，這郡主的年齡比周公瑾大三歲，是不是有點不妥？」

「女大三，抱金磚。人家周瑜都沒有嫌棄，怎麼吳王開始嫌棄起來了？」高飛笑道。

「呵呵，只要這門親事成了，那我們吳國和賢弟的燕國就算聯姻成功了，以後我們吳國要是有什麼美女，我也把她們都送到燕國去，彼此結成秦晉之好，何樂不為呢。」孫堅道。

「嗯，文台兄，這婚事算是成了，那咱們就來說說下一步棋該怎麼走吧。」

孫堅自然明白高飛說的是什麼意思，臉色暗沉下來，道：「賢弟，荊州水軍厲害，我已經讓伯符去柴桑訓練水軍了，如果要等到水軍訓練而成，只怕還需要一些時候，而且吳國現在也並不怎麼富庶，表面上安定，實際上在南方的山越一直是讓人很頭疼的一件事。山越人數眾多，部落紛雜，雖然我已經控制了一部分山越人，但也就那麼幾個部落而已，和整個山越比起來，實在是九牛一毛。不僅如此，盤踞在交州的士燮也在暗中招兵買馬，吳國的局勢並不怎麼穩妥啊。」

高飛十分清楚孫堅的難處，他喜愛三國，對三國的歷史頗有研究，在前世經商的時候，他便常以《水煮三國》這本書裡的技巧管理他的公司。愛屋及烏，他也會查閱一些典籍，比如《三國志》、《後漢書》等等，所以對山越這個民族十分瞭解。

山越一詞，最早是出現在南北朝時宋人范曄所寫的《後漢書》中。山越是三國時期在今江蘇、浙江、安徽、江西、福建交界處附近山區生活的部族統稱。

山越相傳是百越的一支，長年生活於山區，依山險而居，以古越族等土著後裔為核心，逐步融入漢族移民而形成的族群混合體，其漢化程度不一，社會生產力的水準也不盡相同。

由於秦漢以來的民族融合，山越已與漢人區別不大，其中還包括一部分因逃避政府賦役而入山的漢人，所以其中有漢人，也有越人，故亦稱「山民」。

山越十分勇猛，且善於山地作戰，他們也會利用山中出產的銅鐵，加以鑄造自給自足，並屢屢襲擊漢人居住的聚落。

東漢末年，孫氏初定江東，境內山越眾多，分布極廣。他們往往與各地的「宗部」（一種以宗族鄉里為基礎而組織起來的地方武裝集團）聯合起來，成為孫吳政權的心腹之患。

「文台兄所憂慮的，也正是我所擔心的。不過，以文台兄之雄才大略，安定吳國也指日可待。不如文台兄效仿我安撫烏桓人的方法，軟硬兼施，先平定丹陽、吳郡、會稽等地的山越。」高飛建議道。

孫堅搖搖頭道：「江東人口稀少，我吳國總兵力不過才八萬人，而在丹陽、吳郡、會稽等地的山越就多達數十萬，甚至是百萬，以我目前的兵力，對付這麼多的人，只怕是以卵擊石。」

高飛見孫堅沒有自信，便說道：「被譽為江東猛虎的孫文台，為何如此沒有自信？山越之民縱然有百萬之眾，也不足為慮。山越之民與漢民不同，他們並不團結，以宗族聚居，這就是他們的弱點。只要對準他們的弱點，加以利用，必然能夠起到一個很好的作用。文台兄帳下有張昭、張紘二人，此二人都是為政的高手，文台兄若是借機詢問一下，必然會受到意外的收穫。」

孫堅嘆道：「二張雖然在施政上無出其右，但是對山越用兵，乃是兵事，只怕二張不能勝任。」

「呵呵，那我舉薦一人，此人必然能夠肩負起為文台兄平定山越的重任。」

「哦，那人是誰？」孫堅急忙問道。

「周瑜，周公瑾。」高飛很希望周瑜能夠儘快掌握吳國的兵權，同時也隱約覺得山越是個禍害，他完全可以借刀殺人，借用吳兵之手，率先對山越展開攻擊，這樣一來，吳國就有事情幹了，絕對不會想著去中原爭雄，他也可以全力以赴的對付曹操。

「他？他一個小娃娃，怎麼能夠肩負起如此重要的事？我還以為賢弟所舉薦之人是程普、黃蓋、韓當、祖茂、朱治等人呢。」

「有志不在年高，程普、黃蓋、韓當、祖茂、朱治等人都是文台兄舊部，論作戰能力，可謂是身經百戰，確實比周瑜強過許多，但是若論智謀的話，只怕他們五個人加在一起也及不上一個周瑜。」

孫堅聽高飛把周瑜說得如此厲害，心裡想道：「**難道周瑜真的像子羽說的那麼厲害嗎？可是以子羽看人的眼光，如果周瑜不是才學出眾之人，周公瑾真的可以勝任嗎？他又怎麼肯將郡主嫁給周瑜？難道我吳國境內成千上萬的才俊都不如一個周瑜出色嗎？**」

高飛見孫堅猶豫不決，便道：「文台兄，這可不像你的風格，什麼時候也開始前怕狼，後怕虎了？」

孫堅道：「不在其位不謀其政，當我一步步走上吳王的寶座時，我才知道自己身上肩負起的重任。以前我只是作為一名將軍去打仗，從來不會考慮那麼多，只要能打勝仗就行，可是現在不一樣了，**我身為吳王，做什麼決定，都要左右權衡一番，要看看怎麼做才對吳國有利**。賢弟莫怪，想必賢弟也有同感吧？」

高飛聽孫堅說出了心裡的實話，倍感親切，作為一國之主，確實考慮事情要周全些。

孫堅的話，也正是高飛的心聲，當一個王，並不是那麼容易的，表面上看起來很風光、很威風，實際上，煩惱比誰都多，國家發生任何事，他都要過問，生怕國之基石會坍塌。

「高處不勝寒，文台兄算是說出了我的心聲，不過，請文台兄相信我，重用周瑜，絕對能夠平定山越。」

「我對賢弟深信不疑，絕對相信賢弟的眼光，只是，如果我對山越用兵，荊州的劉備萬一乘隙來攻打我怎麼辦？劉備已經今非昔比了，他現在是荊州之主，比劉表是有過之而無不及，在短短的時間內，便占領了荊州全境，這是劉表先前想做卻做不到的，他的兩位結義兄弟關羽和張飛又是萬人敵，荊州水軍一直都很厲害，而吳國的水軍不過才草創而成，根本無法和荊州水軍相提並論。」孫堅擔心地道。

「文台兄所憂慮的，確實是事實，不過，對付荊州的水軍並不是沒有辦法。荊州水軍建立較早，戰船多是大型的樓船，而且從上游可以飛流直下。不過，這是荊州水軍的優點，同樣也是缺點。

「江南水網密集，河流湖泊多不勝數，阡陌的小河道更是密密麻麻，如果文台兄能夠借用這點，主動退避三舍，誘敵深入，那麼荊州水軍的大型戰船就無法在小河道內行駛，文台兄則可以用走舸、艨艟對荊州水軍的樓船進行攻擊。

「除此之外，文台兄尚可以採取游擊戰術，敵進我退，敵退我打，徹底將荊州的水軍拖垮，無論是在岸上還是在陸地上，這種游擊戰術絕對適合對荊州水軍的攻擊。」

孫堅聽後，當即哈哈大笑道：「賢弟啊賢弟，你真是厲害，困擾了我這麼久的難題，終於在今天解決了。三年，只要給我三年時間，我必然能夠使得吳國內部國泰民安，到時候，我必然會親赴燕國，前去對賢弟進行一番拜謝。」

「那周瑜的事？」

「賢弟對周瑜如此的推崇，想必周瑜必然有過人之處，周瑜離開策瑜軍，魯

肅接替了周瑜，這對周瑜也未必不是一件好事，我吳國真正需要的，就是一個能夠獨當一面的領軍人物，如果周瑜是這塊料，我自然不會吝嗇，肯定會加以重用，他的婚事三天之內在建鄴城裡一定要辦妥。」

高飛露出微笑，心裡卻是在暗暗地奸笑，想道：「孫堅對我推心置腹，這樣一來，以後就不用擔心吳國的問題了，至少孫堅不會和我進行爭奪，那麼以後或許會按照之前的約定進行。周瑜啊，你可別辜負我對你的期望，你現在還年輕，而我的帳下人才濟濟，如果你去了燕國，肯定沒有發揮你才華的地方，待在吳國進行一番歷練，是我給你的最好的禮物……」

「文台兄，除了聯姻外，我這次來吳國還有一件事，必須要向你說明。」高飛想了想又說道。

孫堅道：「請講。」

「我記得以前我就跟你說過通商的事，一晃好幾年過去了，一直未能實行。如今我燕國傾力打造了幾艘可以裝載貨物的海船，可以在海上不間斷的往來，我希望通過海運的方式，將兩國之間互相缺少的物品以通商的方式運抵兩國，互惠互利。」高飛道。

孫堅聽後，興奮地說道：「嗯，我很贊同你的觀點。南船北馬，東吳就是缺少戰馬，如果賢弟能夠大批的將戰馬運抵吳國，我也不會吝嗇吳國的物產。」

「戰馬可以運抵吳國，只不過要通過陸路，而非海路。海上太過顛簸，而且運輸的時間很長，只怕戰馬經受不起在海上的顛簸，一匹上等的戰馬下了船後，必然會變得虛弱不堪。」

「這確實是一個問題，我們之間夾著一個魏國，曹操雖然和賢弟訂立了盟約，但是這個盟約並不可靠，如果要通過魏國的話，必然會受到阻撓。這樣吧，賢弟每次讓人運送一千匹戰馬，沿途好心照料，至於抵達後還剩下多少，我就要多少。那麼，賢弟最想要的是什麼？」

「鑌鐵，稻米，絲綢，水果。」高飛很明確地答道。

孫堅笑道：「不過是尋常之物，這些我都能滿足賢弟。會稽自古便是冶煉的名地，春秋、戰國時，許多絕世的名劍大多數都是出自此處，鑌鐵豐富，完全可以滿足賢弟的需求。」

「呵呵，文台兄，我要的可是大量的哦，我的軍隊人數眾多，然而還有一些士兵連戰甲都沒有，急需打造一批戰甲、兵器，可惜燕國少鐵，只能依靠文台兄了。」高飛違心地說道。

「不妨事，你要多少，我就給你多少。」

高飛點點頭，繼續說道：「我希望文台兄能夠再給我一些造船的工匠，這樣一來，我就能造出更多的商船出來。另外，在貨幣上，我們也採用一樣的幣制如何？如今我燕國施行的是以五銖錢為基礎，銀幣為本位，金幣為高級貨幣單位的貨幣制度，如果兩國進行貿易的話，在貨幣上應該進行統一，只需將金、銀煉製成錢幣即可。」

孫堅聽後，也來了興趣，便道：「那金幣、銀幣是什麼樣子的？」

高飛隨之掏出一枚金幣，一枚銀幣，交到孫堅的手中。

孫堅將金幣、銀幣看了半天，狐疑地問：「賢弟，這錢幣上的頭像彷彿是你吧？」

「不是彷彿，壓根就是我。」高飛道。

孫堅不解地道：「這有什麼意義嗎？」

「沒啥意義，就是弄點區別上去，這次我還隨船帶來了製造貨幣的模子，文台兄正好派上用場。」

孫堅哈哈笑道：「賢弟可真是有備無患啊，這樣也好，我就可以令工匠進行趕製了。」

隨後，高飛對孫堅說了金幣、銀幣、五銖錢之間的差別，正式確定了兩國的物價。

在貨幣政策上，燕國已經推行了兩年，事實證明，高飛這種以五銖錢為貨幣基礎的政策，得到了很明顯的效果。大漢原本就以五銖錢為本位，無論是買還是賣，都用五銖錢進行流通，高飛在不廢除五銖錢的基礎上，加上了金幣、銀幣，不僅大大減少了金子、銀子的過度浪費，還使得金銀幣制高於五銖錢，成為一種貴金屬。

兩個一國之主在吳王宮的大殿上暢談，在談話中，高飛還向孫堅分享一些治國的經驗。之後，兩人就周瑜和歐陽茵櫻的婚事進行一番探討，確定了婚期。

三天後，建鄴城裡萬人空巷，吳王孫堅和燕王高飛同時為周瑜、歐陽茵櫻主持婚禮，在吳王宮裡舉行，婚禮的迎親隊伍從城南直達城北，然後才進入吳王宮。

迎親隊伍進入吳王宮之後，進行了隆重的儀式，建鄴城裡的文武百官全部到齊，所有人都沉浸在喜慶的氣氛之中。

兩日後，燕王高飛在吳王孫堅的陪同下離開了建鄴城，兩人寒暄告別，依依不捨。隨後，高飛和甘寧、文聘以及一個長長的車隊緩緩地向曲阿方向駛去，吳

國大將程普隨行，帶著五百騎兵沿途護送。

一行人走了不到五里，但見一輛馬車停在前面，擋住了去路，從馬車上走下來一個穿著華麗的女人。

文聘看到，急忙對高飛說道：「大王，是郡主。」

高飛命令暫時停止前進，翻身下馬，徑直朝歐陽茵櫻走了過去。

「哥哥，你走了，怎麼也不通知我一聲？若不是公瑾在那裡唉聲嘆氣的，我還不知道你今天離開呢。」歐陽茵櫻走到高飛身邊說道。

高飛笑道：「你們新婚燕爾，我不想打擾你。再說，我遲早都要離開的，我又沒有什麼要囑咐你的，就不便打擾了。」

歐陽茵櫻道：「哥哥，從今天起，我們可能要很久都不能見面了，哥哥交給我的事，我一定會盡力而為。如今周瑜已經被吳王任命為討逆將軍，我猜測吳王是想對山越用兵了，我會按照哥哥的吩咐，一步步的幫助周瑜掌握吳國的兵權的。」

「嗯，很好，你知道了自己的職責所在，這就夠了。但是，你現在是兩個身分，在吳國，你是周瑜的妻子，在燕國，你依然是郡主，娘子軍的軍師。燕國的娘子軍正在草創當中，希望你歸來的時候，能夠看到娘子軍的強大。那麼周瑜和吳國的事情就交給你了，切記要讓吳王先平山越，再西征荊州，然後增兵九江郡，牽制曹操徐州的兵力。」

「放心吧，我會的。哥哥……」

高飛見歐陽茵櫻欲言又止，便道：「有什麼事儘管說出來，不必吞吞吐吐的。」

歐陽茵櫻含羞道：「哥哥走的時候，千萬別忘了去帶走那對姊妹花。」

高飛哈哈笑道：「小櫻，你要對自己有信心，以你的容貌，在吳國境內也是數一數二的，你出嫁那天，你不知道有多少女子都對你羨慕嫉妒呢。你放心，我會帶走那對姊妹花的。」

歐陽茵櫻道：「那哥哥一路保重，小櫻就不遠送了。」

高飛貼近歐陽茵櫻的耳邊，道：「給你一句忠告，男人都是好色的，別看周瑜表面上正經八百的，你一定要想方設法讓周瑜一門心思都在你的身上。」

「小櫻明白。」

曲阿的港口，吳兵將滿載的貨物全部裝上燕國的船。

程普指揮士兵忙完後，便走到在一旁坐著的高飛面前，拱手道：「燕王，一切都準備好了，燕王可以隨時啟程。」

高飛點點頭道：「辛苦程將軍了。」

「燕王說的是哪裡話，程普能為燕王效勞是一種榮幸。燕王走的如此匆忙，連遊山玩水都沒來得及，燕王真的不打算在吳國再逗留一段時間了嗎？」

「山水雖好，奈何我身為一國之主，離開燕國的時間太久了，正所謂國不可一日無君，我若不趕快回去，到底會出什麼岔子，還是未知之數。」

程普讚道：「燕王實在是一位勤政愛民的好大王，相信燕國的百姓一定會過得很幸福。」

「呵呵，程將軍，你送行的目的已經達到了，就請回去覆命吧，我今天就離開吳國，請你轉告吳王，他日若有閒暇，請來燕國一遊，我必會帶他遊遍燕國的山水，讓他體會一下北方的風貌。」

「燕王請放心，末將一定轉告。」

話音落下，程普親自將高飛送上船，看著高飛帶著五艘商船離開港口，這才帶著自己的部下回建鄴去。

高飛上船後，隨著船隻走了一段路，便讓人放下一條小船，他和甘寧喬裝打扮了一番，將船隊交給文聘，兩人則上了小船，緩緩地駛向北岸。

上岸後，甘寧不解地道：「大王，我們真的要走陸路回燕國嗎？」

高飛點點頭道：「嗯，先去廬江舒城，把那對姊妹花帶走，然後再隨我一起去汝南郡。」

「汝南郡？汝南郡不是魏國嗎？**大王難道想去魏國？可是我們去汝南郡做什麼？**」甘寧吃驚地道。

高飛邪笑道：「天機不可洩露，到時候你就知道了。」

廬江郡，皖縣。

高飛、甘寧身穿普通百姓的衣服，行走在皖縣的街道中，街道上熙熙攘攘，人群川流不息，兩邊的商販也叫賣不停，將整個皖縣烘托的甚是繁華。

皖縣便是現在安徽省的潛山縣，位於安徽省的西南部，安慶市的西北部，扼大別山咽喉，瀕臨長江黃金水道，古有「萬里長江此封喉，吳楚分疆第一州」的美譽。早在春秋時期，這裡便是皖國封地，安徽省簡稱皖，蓋源於此。

「主人，這裡地處吳、楚、魏三國交界之處，同時因為這裡的地理位置，也是兵家必爭之地，可這裡卻充滿了祥和的氣氛，實在是匪夷所思啊。」甘寧跟在高飛的身後，看到周遭的一切，發出感慨道。

盧江郡和荊州的江夏郡、豫州的汝南郡接壤，是吳、楚、魏三國的交界之處，也可以說得上是吳國的邊境了。一般邊境線上都不會太平，何況皖城又是盧江郡的治所。然而這裡所呈現出來的風貌，卻不是邊境上的荒涼，而是一派欣欣向榮的樣子。

高飛一進入盧江郡便打聽過了，在盧江當太守的，是一個叫顧雍的青年，在這裡當了兩年太守，把以前蕭條的盧江郡治理的欣欣向榮。

「呵呵，不必驚訝，盧江太守顧雍是江南才俊，在施政方面，自然有其獨到之處，咱們一路走來，也打聽了不少，看來，孫文台也有識人之才，不然不會把顧雍放在這個位置上。」高飛笑著說道。

甘寧對於文人並不太關注，問道：「主人，顧雍何許人也？怎麼主人見都沒見過，就對此人如此推崇？」

高飛問道：「你應該知道聚賢館的蔡博士吧？」

「當然，蔡博士名滿天下，我若是連他都不知道，那我豈不是孤陋寡聞了？」甘寧道。

高飛道：「顧雍就是蔡博士的弟子，他的名字也是蔡博士所取的。」

「哦，原來是遇到自己人了，那主人這次來盧江，恐怕不單單是為了那對姊妹花吧？」甘寧忽然想到了什麼，便問了出來。

高飛點點頭，道：「興霸，你跟著我才沒幾天，連腦瓜子都變得靈活啦，這樣很好，估計等我們回去，你就可以獨當一面了。」

「多謝主人稱讚。」

「好了，咱們先去找喬氏的居所，然後再去太守府走一遭。」

「諾！」

話音一落，高飛便讓甘寧去打聽喬氏的居所，他則對顧雍充滿了期待，心想：「帶不走周瑜，能帶走顧雍也不錯。」

顧雍這個人，在《三國演義》裡並不出彩，可以說，許多人喜愛三國，是因為看了羅貫中所寫的《三國演義》。

在正史中，顧雍卻是吳國歷史上不可或缺的一位重要人物。他字元嘆，是吳郡吳縣（今江蘇蘇州）人。孫權稱帝時，便任命顧雍為吳國的第一任丞相，是一名傑出的政治家。

高飛和甘寧口中所說的蔡博士，指的便是蔡邕。博士這個詞，自古就有，是一個學官的名稱。但是也有另外一種意思，是指專精某種技藝的人，例如茶博士、酒博士、武博士等稱號。

高飛在蔡邕、管寧、邴原三個人不願意從政的基礎上，給他們冠以博士的稱號，就是讓他們專掌經學的傳授，有名正言順的稱號，相當於教育局的意思。

除此之外，高飛對其他專門精通某種技藝的人還設有碩士、學士稱號，鼓勵有一技之長的人到燕國王城的翰林院和聚賢館，在不廢除儒術的基礎上，大肆鼓勵其餘學科的人，以便達到先秦百家爭鳴的目的。

顧氏是江南的名門望族，顧雍從小聰明機靈，少年時師從蔡邕學琴與書法。由於才思敏捷，藝業日進，深受蔡邕喜愛。

蔡邕原名蔡雍，對顧雍的才華十分賞識，認為將來必定有所成，於是將自己的名字相贈。

顧雍因受到蔡邕稱讚，故字元嘆。顧雍弱冠之年，顧雍即由州郡官吏表舉推薦，孫堅占據江東時，對顧雍考核後驚為天人，直接將顧雍任命成廬江太守。當時張昭極力反對，可是事實證明，顧雍不負孫堅的厚望，果然將廬江治理的井井有條。

甘寧在街巷中打聽了一番，得到了喬氏的確切住所，急忙回報高飛，道：「主人，已經打聽到了，就在城東。」

兩人步行到了城東，甘寧在前面帶路，很快便來到一座府邸。

府邸並不豪華，也不壯觀，更不顯得富庶，是那種中規中矩的書香門第之家，即便是站在府邸外面，也能感受到府邸裡散發出來的墨香，給人一種很清新的感覺。

匾額上寫著「喬府」兩個字，蒼勁有力，字跡規整，看得出來，這兩個字是出於名家之手。

喬府的大門是關閉著的，高飛見狀，便對甘寧道：「去敲門！」

甘寧「諾」了聲，立刻去敲響了喬府的大門。

不久，一個年邁的老漢緩緩地將門打開一條縫，看了眼站在門外的甘寧，並不認識，便問道：「你找誰？」

「久聞喬公大名，我家主人特來拜會。」甘寧一邊說話，一邊遞上名刺，交給那年邁的老漢。

所謂的名刺，其實就是名片。原始社會沒有名片，文字也還沒有形成，沒有形成名片的條件。

隨著鐵器等先進生產工具使用，經濟也得到發展，從而帶動文化發展，以孔子為代表的儒家與其它流派形成百家爭鳴景象。

各國都致力於擴大疆土，扶持並傳播本國文化，戰爭中出現大量新興貴族。

各路諸侯王每隔一定時間就要進京述職，諸侯王為了拉近與朝廷當權者的關係，經常的聯絡感情也在所難免，於是開始出現了名片的早期名稱「謁」。

所謂「謁」就是拜訪者把名字和其他介紹文字寫在竹片或木片上（當時紙張還沒發明），作為給被拜訪者的見面介紹文書，也就是現在的名片。

漢代，隨著疆域擴大，「謁」的使用越來越普遍。到了東漢，「謁」的名稱被「刺」所取代，材質仍為竹木之類。有人還在「刺」上添加了官職年齡等內容，專供拜見上級之用，名曰「爵里刺」。

這種官場名片有專門的書寫格式，把所有的內容在「刺」的中央寫成一行，不能拆分，故而也叫「長刺」。

那老漢看了眼名刺，見名刺上面寫著「吳，平南將軍羽高，字子飛」的字樣，臉上沒有一絲波瀾，只輕輕地道：「在這裡等著。」

說完，老漢便關上了門。

甘寧怔了一下，扭頭對高飛道：「主人，這看門人竟然……」

「算了，入鄉隨俗，喬公非同一般，想必前來拜訪的各級官吏多不勝數，自然也就麻木了。」高飛擺手道。

甘寧退到高飛的身後，不再說話了。

等了許久，喬府的大門再次打開，這次從門裡走出來的，是一位滿面紅光的中年漢子，漢子青鬚白面，衣衫規整，穿著一襲墨色的長袍，看上去很有大家風範。

那中年漢子朝高飛拱手道：「老夫喬偉，見過平南羽將軍。」

高飛給自己另起了一個名字，叫羽高，字子飛。因為高飛的名字已經傳遍了大漢的山河，為了不引起不必要的麻煩，便用羽高為名，子飛為字，反正不管怎麼變，都是高飛、子羽這四個字。

高飛急忙拜道：「在下羽高，久聞喬公大名，特來拜會。」

喬偉道：「將軍前來拜會，老夫有失遠迎，請將軍到舍下一敘吧。」說著，便將高飛、甘寧迎入了喬府。

大廳裡，高飛、甘寧坐在那裡，不住地打量著客廳牆上掛著的字畫，書香門第果然非同凡響，就連字畫都是名家手筆。

喬偉命下人端上茶水伺候，笑吟吟地說道：「將軍親自前來，當真是令寒舍蓬蓽生輝，只是我與將軍素無來往，不知道將軍前來所為何事？」

高飛從喬偉自報姓名開始，便一直在納悶，他一直以為二喬的父親是喬玄，可現在看來應該不是。後來細細的想了想，也覺得喬玄並不太可能是二喬的父親，因為喬玄在黃巾之亂爆發前就死翹翹了，怎麼可能還會生下大小喬呢。

「看來，《三國演義》並不可取，其中有許多與史實不符的部分。」高飛在心中默默想道。

「哦，我也是久聞喬公大名，並無甚要事，只是想來拜會一下。」高飛解釋道。

喬偉是大漢已故太尉喬玄的兒子，因為喬玄的名聲遠播，經常有人前來拜會喬氏，喬偉在江南一帶也素有名聲，江南之人便仍以「喬公」用來稱呼喬偉，一方面是感懷喬玄，一方面則是因為喬偉確實也能稱得上「公」，因為喬偉也曾做過司徒，是三公之一，是以稱呼他為喬公倒也名副其實。

喬偉聽後，嘆了口氣道：「實賴祖上庇蔭，其實我並不是什麼喬公，喬公乃是對我父親的尊稱。我父親病逝多年，然而江南才俊們還時常前來拜會，便將我稱為喬公。聽將軍的口音，應該不是江南人士吧？」

高飛因為不會說江南的方言，平時和有名望的人對話，都使用大漢的標準普通話，就是所謂的洛陽話。古代沒有普通話，許多人都說方言，但是不管是哪朝哪代，都有一種官方的語言，那就是根據國家的首都在什麼地方，就以首都附近的語言為官方語言，用此進行交流。

「呵呵，喬公聰慧，實不相瞞，在下確實不是江南人，我乃遼東人。和安東將軍程普、安北將軍韓當一樣，都是來自幽州。」高飛解釋道。

喬偉道：「這並不重要，只是，老夫並未聽說過在吳國有將軍這號人物，或許是老夫孤陋寡聞了吧。不過，老夫閱人無數，倒是覺得將軍氣度不凡，別有一種威嚴……其實，前些日子，燕王高飛蒞臨吳國，當時老夫就在曲阿，有幸目睹燕王一眼……」

高飛見喬偉意有所指，似乎已經知道了他的身分，便哈哈笑道：「喬公眼力非凡，那我也就不隱瞞了，我就是……」

喬偉打斷高飛的話，說道：「將軍不必直言，大家心知肚明，如此最好。」

高飛聽後，便道：「嗯，如此最好。其實，我來拜會喬公，是想請喬公隨我一同離開此地，不知喬公意下如何？」

喬偉怔了一下，急忙對站在身邊的下人說道：「你們都下去，沒有我的吩咐，誰也不准進來。」

「諾！」

喬偉摒退了左右後，這才問道：「將軍何出此言？」

高飛直接說道：「廬江地處吳、楚、魏三國交界之處，以後必然會成為三國爭奪的兵家之地，我這也是為了喬公著想，不希望看著喬公飽受戰火摧殘。」

「老夫實在想不出來，為什麼燕王會親自造訪老夫的府邸。論財力，老夫並不富庶，論才學，老夫也不怎麼樣。老夫久居廬江，戰亂時，老夫便會去天柱山避難，等戰亂平定了再下山來。老夫已經習慣了廬江的一切，只怕到了北方會多有不慣。」喬偉婉言謝絕了高飛。

高飛呵呵笑道：「確實，江南乃魚米之鄉，氣候宜人，非常適合人居住。相較之下，北方寒風凜烈，一到冬季就是冰天雪地，可謂苦寒之地。不過，相較廬江這片必爭之地來說，北方趨於安定，倒是個很不錯的避世之地。喬公就算不為自己，也該為一雙女兒打算打算吧？難道喬公願意看到自己的一雙女兒一直飽受著戰火驚嚇嗎？」

「燕王怎麼知道我有兩個女兒？」喬偉驚詫道。

喬偉為人向來低調，他三十多歲的時候，側室給自己生下了一對姊妹花，當時他的正室嫉恨側室，便讓人將側室害死。後來他知道了，就把正室按照大漢律曆進行處置。因為擔心正室家裡對一對女兒加以迫害，是故他一直將兩個女兒寄養在家裡，並不讓外人知道，所以非親暱之人，絕對不會知道他有兩個女兒。

高飛哪裡知道喬偉家裡的這些瑣事，含糊道：「這個喬公就不必細問了，總之我是知道的。」

「看來，燕王為了讓我離開廬江，確實下了一番苦功夫，竟然連我有兩個女兒的事都如此清楚。」

高飛遊說道：「等你的兩個女兒長大了，也不可能一輩子待在家裡，總是要出嫁的吧，天底下哪有父母不希望自己的孩子過得好點？燕國雖然地處北方，但是許多地方有塞上江南的美稱，一年四季更替，風景秀麗，十分適合人居住。」

「燕王親自前來，只單單為了讓我舉家遷徙到燕國那麼簡單？」喬偉納悶道。

「呵呵，喬公果然眼力非凡，我給喬公營造一個安定舒適的居住環境，只請喬公幫我一個忙就行。」

「什麼忙？」

「喬公知道廬江太守顧雍嗎？」高飛問道。

「顧元嘆乃江南傑出的青年才俊，又是廬江太守，皖城便是廬江的郡城，我又怎麼會不知道呢？」

「嗯，那麼，喬公和顧雍熟悉嗎？」

喬偉狐疑地看了高飛一眼，問道：「你到底要做什麼？」

「沒什麼，只是想請喬公幫我約見一下顧雍，我也想見見這個青年才俊，順

便將顧雍一起帶回燕國。」

高飛又動起了挖牆角的心思，當年他在討伐董卓時，一下子挖來黃忠、陳到、文聘、魏延四個人，現在便想用同樣的方法，把顧雍一起挖到燕國來。

「呵呵，我勸燕王還是打消這個念頭。顧元嘆並非貪圖小利的人，金石在他面前，他都不為所動，高官厚祿在他眼裡被視為糞土，要想帶走顧雍，只怕千難萬難。」

高飛不放棄地道：「事在人為……」

喬偉直言道：「燕王還請作罷，顧雍此人，沉默寡言、態度溫和、不貪名利、公正無私、滴酒不沾，要想帶走他，除非是他自己主動投靠燕王，否則絕無可能。」

高飛見喬偉把話說得那麼絕，便打消了去見顧雍的打算，想起當年蔡邕寫信給自己的門生，如果顧雍要來燕國的話，應該早就來了，又怎麼會在吳國做官呢。

他遺憾地道：「**天下人才屈指可數，不知道到最後，我到底能囊括多少？**」

「燕國人才濟濟，文有賈詡、荀攸、田豐、郭嘉、許攸、荀諶等，武有五虎將、十八驃騎、二十四校尉，燕王屯兵三十萬，雄霸北方，威震胡虜，放眼天下，何人還能有燕王如此功勳。區區顧雍，燕王又何必介懷呢？」喬偉安慰道。

高飛笑道：「喬公說的是，我有文臣武將上千員，雄兵三十萬，虎踞河北，天下莫敢所向，區區一個顧雍，我又何必執著？多謝喬公點化，看來喬公主意已定，不知道喬公何時啟程北徙？」

喬偉道：「喬府並無甚家業，整個府上所有人加起來，也才不過二十幾人，收拾行裝之後，明日便可啟程。」

高飛道：「不過，此去向北，乃是魏國之地，只怕路途不太好走，不如喬公走水路，先沿江出海，之後再渡海直達燕國，可省去不少車馬勞頓。」

「燕王提醒的是，只是不知道燕王將向何處去？」

「魏國，汝南郡上蔡縣。」

「哦……」喬偉想不通高飛為何會去上蔡，便道：「燕王今天就暫且在寒舍休息，我這就去吩咐下人準備酒菜、客房。」

高飛道：「喬公不必客氣，一切從簡即可。對了，能否讓我見見喬公的兩個女兒？」

喬偉點點頭，衝客廳外面喊道：「去將兩位小姐叫到客廳來見貴客。」

「諾！」

不多時，便走進來一對姐妹，兩人年紀不過七八歲，都穿著一襲紫衣，瞳若點漆，一對修長的秀眉尤為引人，瓊鼻挺直，脣線優美，稱得上絕色之姿。

「小小年紀就長成這樣，長大了那還得了！」高飛看了，心中暗暗一驚，不禁對這對姐妹的姿色表示了讚嘆。

「女兒拜見爹爹！」姐妹二人聲音宛若銅鈴，優美婉轉，朝喬偉欠了下身，舉手投足間都彰顯著應有的禮節。

喬偉點點頭，對姐妹二人說道：「勿拜我，請拜貴客。」

姐妹二人一起扭頭朝高飛和甘寧看了過去，小碎步走到高飛的面前，欠身拜道：「見過客人。」

高飛急忙道：「免禮。」

姐妹二人遂退到了喬偉的身邊，一邊站著一個，細細地打量著高飛。

「喬公，不知道哪個是姊姊，哪個是妹妹？」兩姐妹年紀差不多，身高長相也差不多，高飛一時分辨不出哪個是大喬，哪個小喬，便問道。

喬偉笑了笑，抬起右手道：「這是長女玲佩，這邊是次女玲惠。」

「錯了錯了，爹爹又錯了，我是玲佩才對。」不等高飛說話，站在喬偉左手邊的女孩咯咯地笑了起來，朝喬偉吐了吐舌頭。

喬偉臉上一怔，這對姊妹花經常和他開這種玩笑，讓他對她們有時候也分辨不出來。

高飛看到兩個小女孩如此頑皮，不禁笑道：「看來，喬公也很難分辨出來啊，孿生姊妹真是一對活寶啊。」

這時，玲惠看了高飛一眼，突然問道：「客從何來？」

「燕國。」高飛答道。

「客人可認識燕王嗎？」玲佩問道。

高飛點點頭道：「不僅認識，而且還很熟。怎麼？你們想見燕王？」

玲惠道：「常聽爹爹提起燕王，說燕王是如何的神勇和雄才大略，所以我姊妹便想親眼見見燕王。」

「呵呵，只怕見了會不如你們的意，燕王長得比我還難看。難道你們沒有聽說嗎？燕王前些日子進入吳國王城的時候，吳國許多美女盡皆掩面而逃，可見燕王醜陋至極。」

「客人說的就不對了，正所謂人不可貌相，**那些只看中燕王表面長相的人，必然不是真的欣賞燕王，真的懂得去欣賞的人，必然不會在乎他的相貌**。由此可見，盛傳王城美女如雲，也不過如此。」玲佩反駁道。

玲惠附和道：「姊姊說的極是，長相只是人的表面，燕王能夠雄踞河北，驅趕胡虜不敢犯邊，就足以證明燕王是個文韜武略的大人物。」

高飛聽著玲佩、玲惠一唱一和，說得頭頭是道，又看喬偉的臉上露出一抹淡淡的微笑，正悠哉的捋著鬍鬚，心中立刻明白過來，暗暗想道：「敢情這都是二喬的父親一手安排的，二喬再怎麼聰明，也不可能表現的如此優秀，從兩人剛才的童心童趣來看，應該不會說出這麼一鳴驚人的話。**看來，我是上了喬公的當了，根本不用我提出來，他就有打算舉家遷徙到燕國去……**」

這時，客廳內突然響起一個響亮的聲音：「哈哈哈……好啊，很好啊，喬家有二女，**大喬有沉魚落雁之容，小喬有傾國傾城之姿**，一個國色流離，一個資貌絕倫，**若能共同服侍雄才大略的燕王，必然能夠成為後世的一段佳話。**」

甘寧自打進入客廳，便未見到其他人，此時聞言，立刻警覺起來，臉色大變，護住高飛，叫道：「是誰？別裝神弄鬼的，出來！」

但見一陣青煙飄起，一團白霧凌空飄下，一名身著白色太極道袍的老者出現在客廳的中央。

那老者童顏鶴髮，滿面紅光，左手握著一把拂塵，拂塵搭在他的左臂臂彎上，雙手交叉在前胸握著，面帶微笑的站在那裡，用柔和的目光盯著高飛，和聲細語地說道：「燕王近來可好？」

煙霧散去，高飛看清了這人的面目，心中為之一怔，隨之歡喜地道：「原來是道長你啊，一別經年，不想道長更加的神出鬼沒了。」

「興霸，退下，這位是左慈道長，是我的好友。」高飛見甘寧還護衛在他的面前，急忙對甘寧說道。

甘寧打量著左慈，見左慈一派仙風道骨，慈眉善目，便緩緩地退到高飛的身後，心中怪道：「大王竟然有一位仙長朋友？」

喬偉向左慈拱手道：「道長，你和燕王認識？」

「嗯，昔日老夫雲遊四海時，曾經在遼東和燕王見過一面，燕王僅僅用了五年的時間便橫掃整個北方，實在是出乎老夫的預料。老夫昨夜夜觀天象，見紫微帝星的光芒浮現在廬江上空，便急忙算上一卦，一算之下，才知道燕王已經蒞臨皖城。燕王遠道而來，老夫自然要來見上一見，剛才的唐突，還請燕王莫怪。」

左慈抖動了一下手中的拂塵，單手手掌直立，身體微微前傾，向高飛做了個道家的拜見之禮。

高飛根本不信這一套，但是左慈的閃亮登場確實別具一格，弄的真跟仙人騰

雲駕霧一般，但是他始終認為，這個世界上根本沒有仙，只是他猜不出左慈到底是如何做到凌空飄下的。

「我與道長一別五年，五年前若非有道長資助，我也不會有今天的成就，道長這五年修道可還順利？不知道道長何時羽化成仙？」高飛寒暄道。

左慈搖搖頭，嘆了口氣道：「無量天尊！修仙之路漫漫，老夫用一生去參透，也不過才參透皮毛而已，人生苦短，老夫只怕今生今世也無法化羽成仙……或許，是老夫的功德不夠圓滿所致，如今天下大亂，群雄爭霸，大漢王朝已經名存實亡，燕王乃紫微帝星托世，若是我能助燕王一臂之力，奪取整個天下，早點結束這戰火紛爭的年代，也許老夫的功德就會因此圓滿……」

「嗯，道長悲天憫人，慈悲為懷，以普渡天下蒼生為己任，實在是令我佩服敬重。然而，普渡眾生單憑道長一己之力並不能完成，如果道長不嫌棄的話，請道長隨我一起回燕國，我將為道長修建一處道觀，道長可以在燕國開壇說法，以道家學說救濟世人，不知道長意下如何？」

左慈聽後，想都沒想便道：「無量天尊！燕王之美意，老夫又怎能拒絕？老夫願意隨同燕王一起前去燕國，以老夫畢生所學教授世人，點化世人。」

高飛和左慈對視一眼，兩人的目光中都泛出一絲光芒，似乎心有靈犀一般。

「燕王不愧是虎踞河北的霸主，心機頗深，實在令我佩服。放眼天下，先是張角領導的太平道起義失敗，後是張修、張魯領導的五斗米道在漢中被馬騰所破，張修、張魯被迫解散五斗米道。無論是太平道，還是五斗米道，都錯誤的以為拯救天下蒼生當隸屬己任，然而他們卻不知道，道法自然，**真正要想讓道法流傳下去，必須要找到一個強有力的靠山**。我左慈不才，願意從此肩負起興盛道教之重任，必然要讓道教擁有全天下最多的信徒。燕王便是我的靠山，有這樣的一個雄才大略的霸主，統一天下是早晚的事情……」左慈在心裡暗暗想道。

短暫的目光交匯中，高飛似乎看到了左慈心中的渴望，在他而言，**他想利用左慈，借用道家的神鬼之說，將自己進一步神化**，紫微帝星托世不過是左慈接近高飛的一個幌子，但是這樣的幌子，在古代的社會裡卻是很吃香的，頂著這個幌子一樣的金色光環行走天下，自然可以省去很多麻煩事情。

除此之外，高飛的心裡還有另外一番打算，如今佛教並未盛行，而戰火紛飛的年代，註定佛家之說不能站穩腳跟，作為古老中國裡土生土長的學派，道家學說自然有其可取的一面，可以用其麻木百姓的思想，讓他們像信奉神明一樣，對自己忠貞不二。

此時大廳裡靜悄悄的，喬偉、喬玲佩、喬玲惠、甘寧四個人都沒有說話。

良久，喬偉先打破了這份沉寂，說道：「時候也不早了，已經接近中午了，老夫已經命人備下了酒菜，各位不如就隨我一起入席吧？」

話音一落，高飛、左慈、甘寧便隨同喬偉出了客廳，大廳裡只剩下喬玲佩、喬玲惠姐妹二人。

姐妹二人看著高飛的背影，兩個女娃的心裡油然升起了一種崇敬。

「原來他就是燕王，怪不得爹爹剛才讓人吩咐我們一定要這樣說話呢，爹爹和左道長準備的事情，原來就是為了見燕王啊……」玲佩道。

玲惠道：「姐姐，我們回去收拾一下吧，我想，我們要遠離這個地方了。」

玲佩不解道：「妹妹為何這麼說？我們不是在這裡住得好好的嗎？」

「姐姐剛才沒有聽出來嗎？左道長要走，父親必然也會隨之而去，看來，我們要長途跋涉的去燕國了。聽聞燕國境內十分的安定，百姓安居樂業，塞外牛羊成群，良田阡陌縱橫，如果燕王真的像傳聞中的那樣有雄才大略，以後要是嫁人，就應該嫁給像燕王那樣的人。」

喬玲佩咯咯笑道：「妹妹說的極是，那我們快去收拾行裝吧。」

姐妹二人手拉著手，徑直走出了大廳。

第三章

女神甄宓

少女欠身道：「小女子甄宓，剛才我的家奴多有冒犯，還請多多包涵。」

「踏破鐵鞋無覓處，得來全不費工夫。我正要去找她，結果她自己送上門來了。」高飛心中歡喜道。看甄宓不過才七八歲左右，很是驚訝。

大廳裡，高飛坐在上座，甘寧、喬偉、左慈則坐在下首，每人的面前放著一張小桌，桌子上擺放著江南的美食，說不上豐盛，卻美味可口，清香撲鼻。

「喬公、左慈同時出現在這裡，看來兩人交情匪淺。或許我來此地，左慈真的能夠算出來，但是我怎麼感覺像是被人下了套一樣。不過，既然他們都願意跟我走，那也就無所謂了。」高飛一邊喝著小酒，一邊暗暗想道。

喬偉見高飛只顧喝酒，很少去品嘗菜肴，便道：「燕王，恕老夫招待不周，不合燕王的胃口，還請燕王恕罪。」

高飛忙道：「哦，喬公不必拘禮，我是吃不慣南方的菜肴過於清淡，我們北方的口味稍微偏重些。」

「呵呵，那是因為喬公這裡沒有有名的菜肴，所以燕王才不會開胃。這樣吧，就由老夫為燕王獻上一道開胃的菜肴吧。」左慈笑了出來。

說罷，左慈將拂塵一抖，手握拂塵在空中一陣亂畫，左手中暗扣著一粒極為細小的圓球，趁大家都還在注意他手中抖動的拂塵的時候，他將圓球扣在拇指和中指之間，朝空中射了出去。

那圓球太過細小，飛向空中幾乎令人無法看見，直接撞擊到大廳的房梁上，只聽見一聲極為細小的脆響，一團白霧從空中瞬間飄落，籠罩著半個宴廳。

當煙霧散去時，但見宴廳的地上多了一個盛滿水的大木桶，水清澈見底，桶中卻並無一物。

接著，左慈走到大木桶的邊上，將拂塵垂於木桶的上方，登時一條活蹦亂跳的魚咬住左慈的拂塵，被左慈輕輕一拉，便掉到地上，在場的人，除了左慈之外，無不驚訝。

「道長神乎其技，真是佩服之至。」高飛雖然知道這是左慈玩弄的小把戲，但是他不是專業的魔術揭秘人員，也未能看出其中奧秘，便故意誇大其詞地說道。

喬偉看到地上活蹦亂跳的魚，咋舌道：「道長，這不是松江鱸魚嗎？」

「正是松江鱸魚。」左慈頗為得意地說。

高飛聽後，仔細看了眼地上的魚，和別的魚不一樣，這種魚嘴大，體長，銀灰色，背部和背鰭上有小黑斑。他雖然是第一次見到松江鱸魚，但是在歷史上，松江鱸魚的名聲很大。

隋煬皇帝遊江南時，品嘗了松江鱸魚，讚不絕口，說它精美可口，真是「東南佳味也」。乾隆皇帝遊江南時，當然也不會放過吃鱸魚的機會，待他細細地吃完後，龍顏大悅，欣然評為「江南第一名菜」。連皇帝都說好的菜，還能不好嘛，松江鱸魚因此身價倍增。

松江鱸魚實在也是名不虛傳，歷代名人凡品嘗過松江鱸魚的沒有一個不說好的。唐、宋文人杜甫、白居易、韋應物、羅隱、蘇東坡、陸游等或作文，或詠詩，讚賞松江鱸魚。其中蘇東坡的《後赤壁賦》中「巨口細鱗，狀似松江之鱸」的記述，因其文章在社會上的廣泛流傳，使松江鱸魚蜚聲士林。

不僅如此，在《三國演義》中，也有過對於松江鱸魚的記載，凡是看過《三國演義》的人，自然不會對「左慈執杯戲曹操」的橋段陌生。在高飛看來，現在左慈所施展的魔術，和《三國演義》中那個橋段簡直是如出一轍。

松江鱸魚貌不驚人，甚至於有點醜陋，但它的肉質潔白似雪，肥嫩鮮美，少刺無腥，食之能口舌留香，回味不盡，而且營養價值極高，為野生魚類之首。李時珍《本草綱目》稱：「松江鱸魚，補五臟，益筋骨，和腸胃，益肝腎，治水氣，安胎補中，多食宜人。」可見，松江鱸魚是多麼美味並且受人推崇的一種菜肴。

「喬公，這松江鱸魚的做法，想必貴府的後廚並不陌生吧？」左慈回到座位上，笑著說道。

喬偉道：「自然不會陌生，只是道長能從那麼遠的地方憑空釣出一條松江鱸魚來，實在是令人匪夷所思。」

「呵呵，這有何難，區區雕蟲小技耳。」左慈一臉笑意地說道。

高飛插話道：「道長，在座的有四個人，可這松江鱸魚只有一條，不如道長再施展一下神乎其技的道術，再釣上來三條如何？」

左慈聽後，心中一怔，看著高飛那目光如炬的眼睛，只覺得臉上一陣火辣辣的，別說再釣三條，就算他的拂塵在那木桶上面再垂上一輩子，甚至是一百輩子，也絕對不可能再釣出一片魚鱗來。

其實這是他早有準備的，只是為了在高飛的面前露一手，現在聽到高飛這看似合理，實則刁難的要求，讓他甚是為難。

「這個……老夫最近大病了一場，元氣並未全部恢復，雖然說憑空垂釣不過是雕蟲小技，但是要從數百里之外的松江把鱸魚釣到這裡來，要耗損不少元氣，不如等老夫元氣恢復之時再行表演，不知燕王意下如何？」左慈自圓其說道。

高飛也不為難左慈，點點頭道：「嗯，道長元氣要緊。」

甘寧、喬偉坐在那裡，看著左慈表現的這項絕技，簡直驚為天人，心中不禁想道：「這世上真的有仙人嗎？」

高飛則是另外一種想法：「左慈也不過如此，看來這松江鱸魚是他早就精心準備的，我也不要太難為他了，要從松江把鱸魚帶到這裡來，確實要費上不少周折，何況還要進行一番表演呢。」

「來人，把松江鱸魚送到後廚。」喬偉為了不使氣氛冷場，趕忙催促下人道。

酒足飯飽之後，高飛、甘寧、左慈便都在喬府借宿了一夜。

入夜後，左慈盤坐在自己的房間裡，雙眼緊閉，調息養神，一派道家宗師的模樣。

忽然，一道青煙從開著的窗戶裡飄了進來，直接落在左慈的面前，立刻化成一道人影。

那人童顏鶴髮，身形枯槁，左手拿著一柄拂塵，身穿太極八卦道袍，右手手掌朝上直立，微微欠身道：

「無量天尊！」

左慈睜開眼睛，看到那人影後，便下了床，手掌向前微微一推，將床邊的兩個胡凳推到那白衣道人的面前，微笑著道：「師兄請坐。」

那白衣道人沒有動彈，反而打量了一下左慈，問道：「師弟可有要事？」

「如果沒有要事，又怎麼敢勞煩師兄呢？還請師兄坐下，細細詳談。」

白衣道人鬚髮皆白，眼窩深陷，兩邊的太陽穴凸起，直接坐了下來。他和左慈面面相覷一番後，便主動問道：「師弟有何要事，儘管細細道來。」

左慈緩緩說道：「我與師兄、張角共同拜師於南華山下，同修《太平清領道》。師父、師兄以及我都主張太平、平等的道家方式，卻不願入世，於是師父便以三卷《太平要術》傳授給張角，讓張角代天宣化，普救世人，來實施『東皇太一』的道教綱領。然而，張角太過急躁，黃巾倉促起義，以至於身敗名裂。今日我叫師兄來，無非是想和師兄一起重新興復我道家學說，不知道師兄可否願意助我一臂之力？」

白衣道人笑道：「師弟你也知道，自師父化羽成仙之後，我便潛心修煉，不再過問世事，也希望在我有生之年能夠化羽成仙，其餘並不過問太多。我聽聞漢中的張修、張魯兩兄弟的五斗米道被馬騰勒令解散，徒眾也大多演變成為馬騰的部下，不知是否確有此事？」

「確有此事，如今天下紛爭，諸侯相互爭霸，大漢早已名存實亡，在我看來，應當是我道家興起之時，然而，單單憑藉我一己之力，根本無法興盛道教，加上道教流派分支眾多，也很難統一起來。所以，張角之黃巾起義也好，

又或是張修、張魯兄弟盤踞一方也罷，都不足以使得道教興盛，唯一的辦法，就是找到一個強有力的靠山，借助諸侯統一天下的優勢，興盛我道教。現在我已經找到了一個強有力的靠山，只要師兄能夠從中襄助一二，興復我道教必然不會遙遠。」

白衣道人聽後，立即說道：「師弟所指，莫非是燕王高飛嗎？」

「正是此人！昔年我曾經雲遊四方，閱人無數，在遼東偶遇此人，我便算上一卦，**卦象上顯示此人早晚會登上九五之尊**，而我夜觀天象，知道他是紫微帝星托世，這才傾力相助。此人雄才大略，蓋天下無出其右者，而今也已經成為了北方的霸主，平定中原，一統天下之時不久矣，不知師兄可否願意襄助一二，讓此人統一天下的步伐更快一步？」

白衣道人心裡也很是激動，修道之人雖然說不過問世事，但是卻離開不了塵世，凡塵之中的是是非非都與之息息相關，戰亂頻繁，百姓流離失所，作為修道之人，自然看不過去，可是他們卻又無能為力，只能避世，自欺欺人，加上最近幾年道教所領導的兩大分支陸續衰敗，更使得他心灰意冷。

今天他聽到左慈的話，不禁又重新燃起了希望，問道：「那師弟想讓我怎麼幫？」

「以師兄在江東的大名，若是師兄願意在江東廣收門徒，想必百姓趨之若鶩。吳王孫堅雖然是頭江東猛虎，但才略不及燕王，其子孫策雖然也驍勇果敢，與其父無異，此二人只能算是一時梟雄，早晚必會被燕王所擒。燕王表面上和吳王以兄弟相稱，但是此人內心卻並非如此，只是借用兄弟之情利用孫堅罷了，**一旦燕、吳大戰，師兄便可以率領門徒投效燕王，在吳國內部舉事，裡應外合，東吳必然能夠不費吹灰之力便可奪下**，不知師兄意下如何？」

「想我師兄弟三人，修道於南華山下，如今張角師弟已經離去，而斬殺張角之人，正是當今的燕王高飛，師弟為何要轉而投效燕王呢？難道十數年的同門情誼可以如此屏棄嗎？」白衣道人不滿地道。

左慈道：「師兄此言差矣，張角不識時務，忿然起義，沒有統一的統籌和調度，只憑藉著信徒眾多，豈有不敗之理?!高飛斬殺張角在先，卻並未如同其餘官軍一樣將黃巾信徒盡皆屠戮，反而收留了不少黃巾將領，周倉、廖化、卞喜、夏侯蘭等人如今都成為燕國的大將，可以說燕王並不忌諱。既然如此，我為何不能幫燕王？」

「好吧，我于吉從今天起，就開始在江東雲遊，廣收門徒，期盼著師弟能夠興復道教。」白衣道人站起身道。

左慈拜道：「多謝師兄。」

于吉笑道：「師弟一路保重，希望師弟此去燕國能夠如願以償，我去也。」

話音一落，但見于吉將拂塵一抖，在地上畫下一個圓圈，身體便緩緩地遁入到地下，消失在左慈的面前。

左慈看後，驚詫道：「師兄道法高深，勝我許多倍，居然能夠使用遁地之術，不知道師兄的飛天之術是否修煉成功，看來我也必須加緊修煉才行。」

話音一落，左慈隨即吹燈拔蠟，房間登時陷入一片黑暗。

高飛和甘寧躲在左慈房間外面的房梁上，兩人對屋中的一幕看得很是仔細，左慈與于吉的對話也聽得一清二楚。兩人互視了一眼，躡手躡腳的跳了下來，迅速離開左慈的房間。

這邊高飛、甘寧剛走，那邊左慈的房間便立刻打開。左慈探著頭，向外面張望了一番。

見沒有人了，方才關上房門，低聲喊道：「師兄，燕王已經走了，你可以出來了。」

話音落下，白衣道人從桌子底下爬了出來，拍打了一下身上的灰塵，對左慈道：「師弟，真有必要這麼做嗎？為了去燕國，值得嗎？」

「值得！」左慈斬釘截鐵地說道：「燕王並非凡人，只要他能相信我們神通廣大，就必然會給我們一個十分舒適的環境，我們能安心修道，廣收門徒，振興道教，比什麼都強。」

于吉嘆了口氣，道：「我都半百的人了，還跟著你在這裡瞎胡鬧，剛才若不是我早有準備，那遁地之術是無論如何都無法表演的。既然你的事情已經了了，那我也該回去了，我會在會稽山上廣收門徒，以便完成光復道教的大任。」

「好吧，那我就不送了，師兄一路走好，高飛警惕性非常高，與他隨行的甘寧也是五虎將之一，武力不弱，師兄不要碰到他們就行。」

于吉嘿嘿笑道：「放心好了。」

高飛和甘寧回到住處，對於剛才看到的那一幕都有點吃驚。受到震撼最大的是甘寧，他一直搞不清楚左慈、于吉到底是人還是仙。

「沒想到左慈的師兄居然是于吉，而且還表演了一個遁地之術，雖然我不清楚他們兩個人到底是玩的什麼把戲，但至少我們清楚了左慈是真心實意想到燕國的，這樣就夠了。」高飛說道。

甘寧不解地道：「大王，那左慈、于吉到底是人還是仙？」

「半仙吧，對你來說。」高飛拍了拍甘寧的肩膀，說道，「每一個修道的人

你都傷不起，以後儘量不要去招惹左慈，回到燕國之後，你就去訓練海軍，爭取在三年之內訓練出一支雄師來。」

「諾！」

第二天一早，喬偉早已讓全家收拾好行裝，按照高飛的指示，先坐船順流而下到出海口，然後再坐船北渡到燕國，左慈則隨同喬偉一起離開，而高飛則帶著甘寧離開了皖城，向北一路而行，去汝南郡的上蔡縣。

上蔡縣歷史悠久，人傑地靈，是古蔡國所在地，也是秦相李斯、漢相翟方進的故里，海內外蔡氏祖地，重陽文化的發祥地。

高飛帶著甘寧經過兩天路程，便進入了魏國地界，在通往魏國的邊境上，由於吳國和魏國一直保持中立狀態，平常也沒有發生過摩擦，是以兩人並沒有遇到什麼太大的阻攔，一切都很順利。

進入魏國地界之後，高飛和甘寧沿途看到的都是較為荒涼的景象，殘破的房屋，流浪的百姓，荒蕪的田地，都使得昔日繁華的中原一去不返。

「主人，前面不遠就是上蔡縣城了，已經到了這裡，主人能否告訴一下屬下，主人來上蔡到底是為了什麼？」甘寧指著前面隱約可見的縣城說道。

高飛笑道：「**為了另外一個以後會傾國傾城的美女。**」

「美女？是誰？」甘寧不解地問道。

高飛只是一味的笑著，對甘寧道：「這個嘛，一會兒你就知道了。現在進城要緊……」

「諾！」

兩人繼續向前走，走了不多時，上蔡縣城便映入了高飛和甘寧的眼簾，殘破的城牆下面長著許多荒草，城牆附近依偎著許多衣衫襤褸、蓬頭垢面的百姓，老人、孩子緊緊依靠在一起，眼神呆滯，一臉的麻木。

高飛看到這樣一片景象，不由得皺起了眉頭，暗暗想道：「這還是我第一次踏入魏國的國境，**曹操一代梟雄，為何在他治下的百姓竟是如此不堪？**」

「主人，我們一出吳國國境，進入魏國時，沿途所遇到的都是十分荒涼的景象，汝南郡乃天下人口較多的郡，而且百姓富庶，當年袁術正因為得到汝南郡而成就了一番功業，我還曾經來過一次，那時的汝南郡和現在簡直有天壤之別，為何短短兩年，汝南郡會變成這個樣子？」甘寧不解地道。

高飛也很好奇，從進入魏國國境開始，一路上雖然也遇到過一些關卡，但是官軍都顯得疲憊不堪，而且士兵也寥寥無幾。

他環視了一下上蔡縣城，但見城門附近竟然沒有一個士兵把守。

「匡！匡！匡！」

就在這時，一個身著乾淨衣服的青年從城門裡走了出來，一邊走，一邊用力的敲著手中的鑼。

鑼聲像炸雷一樣的響起，傳到那些衣衫襤褸的百姓的耳朵裡，那些一臉麻木，目光呆滯的男女老少們，紛紛站了起來，眼睛裡透著一絲希望，開始向城門口集結，只一小會工夫，城門口便圍滿了人，將入城的道路擠得水泄不通。

「別擠別擠，都排好隊，人人都有，不用著急。五個人一隊，不排隊不給發吃的，我家主人吩咐了，一定要有秩序的進行。」敲鑼的少年看到那些擠在城門口的百姓大喊道。

那些百姓倒是很聽話，很快便從混亂排成了有秩序的隊伍，五個人一排，依次向後排開。

高飛、甘寧本來是要進城的，可是被鑼聲一鬧，反而被擠在了人群當中，此時想出城都出不了。

不等高飛、甘寧從人群中走出來，一群和敲鑼青年穿著一樣衣服的家丁推著一輛輛裝滿了食物的車朝這邊走了過來。

高飛看到便明白了，心想：「這是哪家的富紳，居然如此有愛心……」

敲鑼的青年張羅著一切，在城門口設下五張大桌子，身後的家丁們都受他的指揮，從車上搬下來剛剛熬好的米粥，一個接一個的施捨給這些排隊的百姓。

百姓的手裡都拿著一個陶碗，在接受施捨時，嘴裡連聲念道：「願大小姐長命百歲……願大小姐福壽安康……」

敲鑼的青年道：「有你們的這些祝福，也不枉大小姐對你們不薄了。」

施捨一直在繼續著，五個長長的隊形依次排著，很快便輪到了高飛和甘寧。

敲鑼的青年正用大勺盛著一勺米粥，看見高飛的手中沒有碗，便道：「你這人可真夠懶的，怎麼連吃飯的傢伙都不拿呢？」

高飛道：「我不餓，也不是來求施捨的，我只想問問，你們家的主人是誰？可否代為引薦一下，我想見你們家的主人。」

敲鑼的青年看都沒有看高飛一眼，直接喊道：「下一位！」

甘寧見那敲鑼的青年如此蔑視高飛，氣不打一處出，立刻上前衝敲鑼的青年喊道：「狗眼看人低，你這個人……」

「甘興，切莫造次。」

高飛一路上自稱羽高，叫甘寧為甘興，主要是甘寧這個名字也已聞名天下，

燕國五虎的姓名誰人不知？怕引起不必要的麻煩，因而如此叫道。

甘寧聽到高飛的喝止，這才做罷，拉著高飛便要走。

敲鑼的青年看甘寧一臉凶惡之相，又罵自己，也有點火了，叫道：「哪裡來的外鄉人，居然如此的不懂規矩？來人，把他們給我亂棒打出縣城。」

聲音一落，原本守護在車輛兩邊的幾名壯漢立刻走了出來，上前便要捉拿高飛和甘寧。

甘寧見狀，二話不說，一腳便踹倒一個人，緊接著又揮拳打倒了三個漢子，最後一個箭步跳了過去，直接抓住那敲鑼青年胸前的衣襟，怒吼著：「你居然還敢叫人打我？不給你點教訓，看來你是不知道我的厲害。」

話音一落，甘寧抬起一腳，當胸便踹了過去。

敲鑼的青年身體瞬間向後翻倒，撞在還未發放完畢的大木桶上，大木桶裡盛滿了米粥，被他這麼一撞，直接側翻倒地，米粥從木桶裡流了出來，灑了一地都是。

「哎呀，我們的飯啊……」百姓們看到這一幕，都心疼不已，看著地上一片狼藉，紛紛用憤怒的眼神望著甘寧。

「殺了這個外鄉人……」不知道是誰第一聲喊了出來，其餘的百姓都義憤填膺地喊著。

高飛見狀，知道甘寧剛才的舉動惹了眾怒，二話不說，急忙解釋道：「鄉親們，他不是故意要打翻的，我們賠你們就是了……」

「賠？你怎麼賠？去年中原鬧蝗災，吃了許多莊稼，弄得顆粒無收，今年從一開春便開始大旱起來，縱使你有金山銀山，也不夠買我們這桶米粥的！」敲鑼的青年從地上爬了起來，理直氣壯地說道。

高飛、甘寧本來就理虧，此時怎麼解釋也都無濟於事了，看著噪動的百姓，兩個人頓時陷入窘境，總不能對這些手無寸鐵的百姓動手吧？

「這裡發生了什麼事？」

就在這時，從城裡緩緩地駛來一輛馬車，馬車裡一位少女探出頭來，看到城門口的這一幕，問道。

敲鑼的青年以及手下的家丁，還有那些百姓，一見到那少女出現，都像是見到了皇帝一般，立即跪在地上，齊聲叫道：「見過大小姐……」

「都起來吧，你們不必如此！」少女從馬車裡走了出來，略顯稚嫩的臉上顯著一種說不出的貴氣。

少女一下馬車，便走到高飛的面前，欠身問道：「**小女子甄宓**，剛才我的家

奴多有冒犯，還請多多包涵。」

「**踏破鐵鞋無覓處，得來全不費工夫**，我正要去找她，結果她自己送上門來了。」高飛心中歡喜道。看甄宓不過才七八歲左右，個頭才到他的腹部，竟然如此懂禮貌，令他感到很是驚訝。

甄宓穿著淡綠色的衫裙，秀髮上箍了一條鵝黃色的軟緞帶，十分清新可人。

「美女就是美女，小小年紀就別有一種特別的風情，與大小喬完全不同，看來我這次沒有白來。」高飛打量甄宓後，暗暗想道。

甄宓見高飛不答，問道：「客人不是本地人，不知可否見告來此為何？」

甘寧插話道：「我家主人來幹什麼，憑什麼要告訴你這個小孩子？」

「我雖然個頭小，年歲幼，相比這位壯士雖然年長，做事卻如此莽撞。」甄宓反駁道。

「你……」

甘寧一時詞窮，他哪裡想得到一個幾歲的女孩子竟會說出這番話來。

「哦，在下羽高，字子飛，只是路過此地而已，聽聞上蔡甄氏乃一大善人，特來拜會，不想卻遇到了甄家的大小姐，有所唐突，還請小姐莫怪。我這位兄弟不小心弄翻了米粥，該賠多少，請大小姐開個價，我願意賠償。」高飛誠心地道。

甄宓搖搖頭，轉身對那個敲鑼的青年說道：「再去熬一大鍋來，來者是客，不必如此為難客人。」

「可是大小姐……」

「就照我說的去做。」甄宓道。

「諾！」

甄宓扭過頭，對高飛說道：「也不用你賠償，按照現在的物價，你根本賠不起。**有些錯，是永遠賠償不了的，何況，如果人一犯錯就用金錢補過，只怕這個世道會更加的混亂。**」

高飛聽到甄宓這番精闢的話，不由道：「大小姐聰慧，羽高實在佩服。不知道大小姐可否帶我進甄府走上一遭，拜訪一下甄府的善人……」

甄宓打量了一下高飛，見高飛臉上有一道輕微的箭傷，雙目炯炯有神，便道：「嗯，你們在這裡也太過礙事，就跟我回府見見我的母親吧。」

「那就叨擾了。」高飛客氣地說道。

甄氏是上蔡縣的首富，所以甄宅也是整個上蔡縣城裡最大的。

宅子的兩翼連接著一面高高的圍牆，牆後是一排排繁茂的紫杉，隨處還有一些丁香樹把開花的枝子伸進庭院裡來。

進了甄府，甄宓先帶高飛見了她的母親，之後又見了她的兄長，寒暄過後，甄宓便帶著高飛、甘寧來到偏廳，命下人送來茶水、點心，招呼得無微不至。

從城門口一直到甄府，目光如炬的高飛便立刻發現一件事，**整個甄府上上下下全都是由甄宓這個八歲的女娃在管理，而且管理得有條不紊**，這一點讓高飛很是吃驚。

大廳裡，竹席上鋪著一個蒲團，甄宓坐在那裡，雙手交錯放在席上，打量著高飛道：「羽高先生雖然穿著極為普通的衣服，但是身上那股貴氣卻無法掩蓋，如果小女子沒有猜錯的話，羽高先生應該是大戶人家出身吧？」

「實不相瞞，在下的祖上曾是大漢兩千石的高官，後來家道中落，以至於落魄至此，幸好有小奴甘興與我相依為命，才不至於餓死街頭。」

高飛是撒謊的高手，說起謊話來有模有樣的，表現的十分哀怨，就連甘寧看了，也以為是真的。

「那羽高先生從何而來？又要到何處去？」甄宓問。

高飛也在打量著甄宓，讓他沒有想到的是，甄宓小小年紀居然已經能夠撐起整個甄府了，而甄宓的說話方式，遠遠超過這個年齡應該有的童真，更多了些成年人應有的沉穩和冷靜。

「從來處來，往去處去。」高飛簡短地回答道。

「好一個從來處來，去去處去。羽高先生既然不願意告知，那小女子也不再追問。羽高先生，既然來到上蔡，不如多逗留幾日，小女子猜測羽高先生是要去北方，去北方的道路並不好走，路上大多是一派荒涼的景象，若是沒有攜帶點乾糧和水的話，很可能會餓死在路上。甄府還有些米糧，可以給羽高先生一點救助。」

「多謝大小姐的好意，實在感激不盡。只是，讓我很納悶的是，為什麼一個偌大的甄府，卻全部由大小姐一人操勞呢？按照大小姐的年紀，大小姐其實還是個孩子而已……」

甄宓聽後，先是嘆了口氣，接著說道：

「小女子乃冀州中山無極人，是大漢太保甄邯之後。父親官至上蔡令時，河北張角廣收徒眾，我父親擔心張角早晚會成為河北之患，便上疏朝廷，力薦抓捕張角，上疏卻被十常侍所扣留，隱而不發，於是，我父親便將全家遷徙到了這裡，哪知，剛遷到這裡，便爆發了黃巾之亂，汝南一帶也深受其害，我父親帶領

剛剛訓練不到一月的官軍三百人前去平定，反被黃巾所害……」

說著，甄宓的臉上露出了悲色，就連話音也變得小了起來，眼裡泛著淚光，卻遲遲不落下來，像是在刻意的忍著。

「人到悲傷的時候，總會為情所牽動，流淚是人之常情，若是隱忍著不把感情宣洩出來，只怕會憋壞了身體。」高飛見甄宓如此模樣，忍不住勸道。

甄宓聽到高飛的話，抬起寬大的袖子，掩面低頭擦拭了一下眼角，當袖子落下，再次露出她的臉龐時，她已經恢復了平常，緩緩說道：

「多謝羽高先生關心，小女子沒事。自我父親為黃巾賊所害，黃巾賊便大肆在汝南郡各縣燒殺搶掠，許多富戶都深受其害。然而，小女子舉家剛剛遷徙到此，加上又有兩路官軍駐紮在上蔡縣城兩側，以至於上蔡縣城並未受到黃巾賊的迫害。」

「那你又是怎麼肩負起整個甄府的大小事務呢？」高飛順藤摸瓜的追問道。

「這事就說來話長了，可能是與小女子有過目不忘的能力有關，凡是看過一眼的東西，都會深深地牢記在腦海中，讀完四書讀五經，漸漸地便變得懂事起來，母親、兄長都覺得小女子很聰明，家中的麻煩事都會問我，我便一一解答，後來小女子逐漸長大，逐漸得到母親、兄長的信任……羽高先生，你是不是覺得小女子小小年紀便掌控著整個家業而好奇？」

高飛點點頭道：「任誰看了，都會覺得好奇。不過，這也是你的才華過人所致，甄府可算是龐大家業了，你小小年紀就能管理得有條不紊的，足以證明你的才華不在任何一個成年人之下。」

「多謝羽高先生讚賞。」

高飛看著小小年紀的甄宓，不禁想道：「甄宓不愧是歷史上做過皇后的人，確實有才華……」

「恰才聽大小姐說，大小姐是冀州中山無極人？」

高飛來的目的就是要帶走甄宓，此時見甄宓頗有才華，就更加的想帶走她了，便直入主題，直接問道。

甄宓點點頭道：「羽高先生有何指教？」

「指教不敢，只是隨口問問，因為我的家就在冀州，我們算是同鄉……」

「哦，難怪我一見到羽高先生就有一種親切的感覺，原來我們都是冀州人。」甄宓高興地說道。

高飛實在難以描述自己在和一個八歲大的孩子如此正經的談話，心裡不知道是該喜還是該憂，小小年紀便這番聰明沉穩，長大了還得了?!

古代常說，女子無才便是德，而且女子還要講究三從四德，其實這些規矩在漢、唐時代是沒有的，直到宋代，女子的思想才被禁錮，在漢、唐相對開放的時代，女子是可以有才華的，而且才女也不少。

甄宓讓高飛的感覺很強烈，因為他一直都喜歡那種美貌與智慧並存的女人，但是，甄宓才八歲，他已經二十四歲了，按照古代早婚的年齡，他都可以當甄宓的父親了。

「落葉歸根，狐死首丘，大小姐可想回到冀州的老家？」高飛問道。

甄宓道：「如果可以的話，我自然希望回到冀州老家，而且我的母親、兄長都希望回到冀州老家，就連我過世已久的父親肯定也是這麼希望的。然而，要想回到冀州老家，談何容易？」

「怎麼？大小姐可有什麼困難嗎？」高飛問。

甄宓嘆道：「如今的大漢，已經不再是昔日的大漢，大漢的天子雖在，卻只存在於長安，**天下之大，真正聽令於天子的有幾個？**如今的河北已經成為燕國的屬地，而我所在的汝南，則是魏國的屬地，燕、魏兩國雖然訂立了盟約，但是兩國封鎖了黃河渡口，相互並不往來，兩國邊境關係緊張，要想離開魏國到燕國去，實在是難上加難。」

高飛聽到甄宓的顧慮後，也皺起了眉頭，這是現在燕國和魏國的實情，這次他從盧江來到上蔡，雖然想帶走甄宓，但更多的是想打探魏國國內的真實情況。

不僅如此，他和卞喜也分開有兩年多，兩年多前他交給卞喜的那個艱巨的任務，不知道卞喜完成的如何了，他就想親自到魏國內部走一遭，順便聯繫上卞喜，瞭解一下魏國的國情，以便制定下一步棋該怎麼走。

「話雖如此，但是天無絕人之路，如果大小姐真願意離開這裡去冀州老家的話，我倒是能夠從旁協助大小姐一二，安全的讓大小姐全家都離開魏國，進入燕國。如今的燕國，算得上是世外桃源，百姓安居樂業，燕王更是勤政愛民，如果燕王知道大小姐到來的話，肯定會親自迎接的。」

「你真的能夠幫我嗎？」

高飛重重地點點頭，承諾道：「當然，我說到做到。」

「你……你一個落魄之人，又能有什麼辦法？」甄宓先是高興的臉又沉了下來，搖搖頭，不信道。

甘寧聽後，急忙插話道：「誰說我家主人是落魄之人？我家主人便是……」

「嗯哼！」高飛輕咳了一聲，打斷了甘寧的話，對甄宓道：「大小姐請勿見怪，家奴就是太愛插嘴……如果大小姐真的願意離開這裡的，那就請收拾好一

切，直接跟我走吧，我會對你負責的，乃至你的整個家族。」

甄宓察言觀色，隱約感覺到高飛與常人有不同之處，從他口中說出的話，總是能夠給人一種不可抗拒的魔力，就連他本人也是不怒而威，雖然穿著極為普通，骨子裡卻透著一絲的不平凡。

她沒有細問，從自己懂事開始，就一直嚮往回到故里，可是一晃好幾年過去了，甄府雖然還是那個甄府，但時局卻已非當年，如今的天下，名義上還是大漢的天下，可實際上已成為個人的囊中之物。

群雄割據，百姓罹難，豫州又處在四戰之地，群雄爭霸的時候，豫州也是備受災難的時候。

「既然如此，那一切就拜託羽高先生了。」

甄宓緩緩地站起身，從門外喊來一個家丁，吩咐道：「給羽高先生準備客房。」

「諾！」

高飛、甘寧同時起身，朝甄宓拱手道：「多謝大小姐。」

隨後，甄府的家丁便帶著高飛、甘寧去了客房。

第四章

順藤摸瓜

徐庶笑道：「順藤摸瓜，既然那個叫錢三的和他的兄弟離開了城池，就放長線釣大魚。馬騰是涼王，他兒子馬超也稱秦王，一個占據涼州，另一個盤踞關中，既然馬騰父子有奪取中原的意思，那我們就應該好好的準備一番。」

高飛和甘寧送走家丁，兩人坐在椅子上，都不禁鬆了口氣。

「主人，你說的那個美女在哪裡，怎麼我都沒有看見啊？」甘寧問。

高飛笑道：「你不是已經見過了嗎？甄府的大小姐甄宓就是我說的那個美女。」

甘寧吃驚地道：「大小姐就是主人說的那個美女？」

高飛點點頭。

甘寧評論道：「長相倒是很清秀，而且人小鬼大，小小年紀居然掌控整個家族的命運。」

「有志不在年高，孔融讓梨的故事也是屢見不鮮，這個女娃要是經過我的一番調教，以後必然會成為一位出色的女軍師。」

「主人，為什麼一定要帶她走？我們現在可是身在魏國，不是在吳國，那曹操也不是孫堅，主人應該很清楚，在魏國遠比吳國危險的多。如果從上蔡回去的話，有兩條路，一是經穎川，入洛陽，從孟津北渡黃河，第二條路則是經過陳留、濮陽，從白馬北渡黃河，我們該走哪一條路？」

高飛道：「不急，先打聽清楚，穎川、陳留、濮陽到底哪邊危險，就走哪邊。」

甘寧不解地道：「主人這是什麼邏輯？為什麼哪邊危險走哪邊？」

「呵呵，我先賣個關子，到時候你就知道了。」高飛道。

「咚咚咚！」這時，房門被敲響了，甘寧站了起來，問道：「誰啊？」

「羽高先生，小女子甄宓。」

高飛聽到這個聲音，親自走到門邊打開房門，見甄宓站在門外，一臉親切地道：「大小姐，有事情嗎？」

甄宓衝高飛笑了笑道：「小女子還有一事不明，想請教一下羽高先生。」

高飛將甄宓迎入房中，對甘寧道：「給小姐看茶。」

甄宓坐下後，看著高飛道：「羽高先生，我有一事想請教羽高先生。」

「大小姐有事儘管問，羽高必然知無不言，言無不盡。」

甄宓緩緩說道：「羽高先生，如果我想帶上蔡縣城的百姓一起離開，不知道羽高先生可否有辦法？」

高飛皺起了眉頭，問道：「大小姐指的是全城的百姓嗎？」

甄宓看到高飛臉露訝色，急忙說道：「羽高先生，其實上蔡縣城裡如今剩下的百姓還不到一千人……」

兩年前，汝南郡還是宋國的屬地，魏侯曹操攻打宋國的睢陽時，被睢陽城中的老弱殘兵堵在了城外，日夜不停的攻打了半個月，這才終於將睢陽城攻下來。

睢陽被攻克之後，城中百姓多數不願意投降曹操，公然和魏軍對抗，曹操一怒之下，便下令屠城。在那之後，魏軍每下一城便進行一次屠城，連續屠戮了十餘座城池，殺宋國百姓數以萬計。

雖然上蔡縣城並沒有受到曹操的屠城，可是整個宋國的壯丁幾乎都被袁術抓去當兵了，袁術用這些人去抵擋曹操的大軍，結果都戰死在戰場上，以至於宋國的人口銳減。後來又趕上蝗災、大旱，百姓多數逃亡到了他地。

「一千人雖然不多，可是要公然帶著他們離開，只怕會有很大的困難。」高飛據實說道。

甄宓心急道：「難道羽高先生就不能想想辦法嗎？」

「我能理解大小姐的心情，大小姐是不願意看到這些百姓再飽受罹難之苦。不如這樣吧，此去燕國的道路並不順暢，可是從這裡到吳國卻很順利，大小姐不如讓他們都去吳國吧，廬江郡的太守顧雍是個勤政愛民的好太守，他必然會接受那些百姓的。」

甄宓臉上帶著失落的表情，低下頭問道：「那請問羽高先生，我們何時啟程？」

「越快越好，我看，就明天吧。」

甄宓站了起來，說道：「那我去安排一下，小女子告辭。」

甘寧待甄宓離開後，忍不住對高飛道：「主人，其實要帶走那一千多百姓也不是難事啊，為什麼主人會拒絕呢？」

「我確實有能力帶走那些百姓，可是帶走他們，不如讓他們去吳國。這些百姓以前都是袁術宋國的人民，雖說袁術對百姓並不怎麼好，可也說不上壞。可是曹操一來，連續屠戮了豫州東部的十餘座城池，使得宋國百姓敢怒不敢言，心中雖然很恨曹操，卻又害怕曹操，如果讓他們去吳國的話，這些百姓必然會把曹操隨意殺戮的事說出去，那麼曹操在江南的名聲就不怎麼好了，如此一來，以後曹操和孫堅之間若有什麼摩擦，吳國的百姓必然會襄助孫氏對抗曹操，對我們是百利而無一害。」

「主人高明，屬下佩服。」

「呵呵，興霸，你也下去休息吧，明天一早，你就先去打聽潁川和陳留的情況，順便打聽一下卞喜的下落。」

「可是主公，我和卞喜並不認識……」

「放心，你不認識他，他會認識你。燕國五虎大將的名聲響亮，卞喜自然會認識你的。」

「諾！」

第二天一早，甘寧便離開甄府，一路向北而去。

高飛用過早餐後，出了客房，赫然發現甄府一夜之間變了模樣，昨日還顯得冷清的甄府，如今三步一崗，五步一哨的，密密麻麻的都是人，都穿著統一的衣服，在裝卸著甄府的物資。

「這是怎麼一回事？這些人，不都是昨天的……」

高飛忽然看到幾張熟悉的面孔，那幾張面孔他記得，是昨天在城門邊接受甄府施捨的百姓。

此時，甄宓帶著兩個貼身丫鬟朝高飛走了過來，微微欠身道：「羽高先生，昨夜休息的可安好？」

高飛說道：「多謝大小姐的盛情款待，在下感激不盡，只是，這些人為何……」

「羽高先生，這些人已經是我甄府的家奴了，甄府要去哪裡，他們自然要跟著去哪裡了。」

高飛哭笑不得的道：「大小姐真是用心良苦，那羽高也不再推辭了，就讓這些人跟著我走吧。」

午時剛過，整個上蔡縣城裡已經空無一人，街道上一片狼藉，遠遠地便看見一個龐大的車隊在緩慢的向北前進。

高飛騎著馬，和甄宓乘坐的馬車在隊伍的前面走著，看著前面曲曲折折的道路以及道路兩邊荒蕪的田地，心中不勝感慨。

「曹操乃一世梟雄，為何占領了豫州，卻不重視豫州，弄得汝南郡如此荒涼！」

高飛想不通，按照歷史上的曹操來看，曹操應該進行屯田的，中原多良田，耕地面積也最廣，為什麼曹操會放著這裡不要呢。

自古便有「**得中原者得天下**」的話，可見中原的重要性，不僅僅是因為中原的地理位置，還因為中原有天下最多的人口、耕地面積，是整個天下的糧倉。

在古代，要想打仗，就要有兵糧，當一個人控制了天下的糧倉之後，就會有源源不斷的兵，要奪得天下，輕而易舉。

當然，這也取決於占領中原的人是誰，如果占領中原的人是個庸才，早晚都會被別人所取代，**群雄逐鹿，問鼎中原，只有雄才大略的人才能肩負起整個天下**，再配上中原這塊天下的糧倉，一統天下自然不是難事。

一行人向北走走停停，到了傍晚夕陽西下的時候，才走了三十多里路。再一次停下休息時，甘寧騎著馬，伴隨著夕陽，從前面的道路上奔馳了過來。

甘寧來到高飛的面前，抱拳道：「主人，前面都已經打聽清楚了。」

「哦，快說給我聽。」

「主人，兩條路我都打聽過了，潁川有重兵把守，太守是魏國的軍師徐庶，更有許褚、曹洪、李典、樂進在此率軍駐防。陳留則由曹仁把守，濮陽則是滿寵鎮守。主人，我們該走哪條路？」甘寧問道。

高飛尋思了一下，問道：「走潁川。可有卞喜的消息？」

甘寧道：「屬下無能，未能打聽到卞喜的消息……」

「算了，估計他到了魏國，已經更名改姓了。」高飛也隱隱覺得卞喜並不是那麼容易找到的。

甄宓在馬車裡面聽得清楚，聽高飛和甘寧說起卞喜這個名字，心中為之一震，暗暗想道：「卞喜不是當年燕侯帳下燕雲十八驃騎之一嗎？」

一想到這裡，甄宓悄悄地攏起車窗的窗簾，透過縫隙看著騎在馬背上的高飛，細細打量了一番，無論她怎麼看，都覺得眼前這個人氣度不凡。

高飛問完話，扭頭看了眼身後長長的隊伍，心想帶著甄府這一行人確實有點不方便，他側頭想對甄宓說話，卻意外發現甄宓在馬車裡偷窺自己。

四目對接的那一剎那，馬車裡的甄宓登時慌了神，立刻將窗簾放下，用手捂住自己撲通撲通直跳的心口，有一種說不出來的感覺。

高飛可沒在意那麼多，直接對甄宓說道：「大小姐，能否借一步說話？」

甄宓強作鎮定，從馬車上走了下來，問道：「羽高先生有何吩咐？」

「吩咐倒是不敢當，只是想請大小姐做一個決定。」

兩人來到一個無人的曠野中，甄宓道：「不知道羽高先生要小女子做什麼樣的決定？」

高飛道：「大小姐請看，這些都是大小姐帶來的人，人數雖然不多，但是這些人卻走得十分緩慢，如果想以這種速度通過魏國邊境，只怕很難。所以，我想請大小姐做個決定，到底要不要帶著這些人一起走？」

「要，當然要了，這些都是上蔡縣城的父老鄉親，怎麼能夠如此輕易的棄之不顧呢？」甄宓理直氣壯地道。

高飛道：「大小姐不要誤會，我並沒有說棄之不顧，還是按照我原先說的，讓他們去吳國的廬江郡，自然會受到很好的待遇。如今要北渡黃河，不管走潁川還是走陳留、濮陽，這樣的隊伍走到哪裡都會引起注意，一旦被魏兵咬住，想要北渡，那就難上加難了，請大小姐三思。」

「難道……真的沒有其他辦法了嗎？一定要扔下他們嗎？」甄宓用祈求的目光看著高飛。

高飛皺起眉頭道：「大小姐，當斷不斷，反受其亂啊。甄府也要輕裝簡行，那些家丁、奴僕都可以讓他們去吳國，只大小姐一家跟我走便可以了。」

「這……這怎麼行，那些人都是跟隨著我們甄家多年的人，怎麼可以說不管就不管了？」

高飛看著甄宓那張蒼白的小臉道：「不是不管，是沒有辦法管。大小姐是個聰明的人，應該能夠瞭解我的苦衷，這些人如果是士兵的話，留下來只有死路一條，我絕對不會棄之不顧，可這些人是百姓，即使把他們留在魏國，相信魏國也會給他們安排一個地方居住的。成大事者不拘小節，大小姐，請做決定吧。」

甄宓回頭看了看那群拖著疲憊身體，一臉麻木的人，堅決地道：「羽高先生，對不起，我實在不能丟下他們不管，你自己回燕國吧，如果你留在魏國久了，被人知道了你的身分，只怕想走都走不了啦。」

高飛聽了一怔，道：「我什麼身分？」

「羽高先生心知肚明，何必裝傻充愣？」甄宓反問道。

高飛哈哈笑道：「沒想到你一個八歲女娃竟然比那些活了幾十年的人還聰

明，這樣的好苗子要是不加以培養，實在可惜。大小姐，無論你做什麼選擇，我都要將你帶走。」

「我……羽高先生，**我有什麼特別的地方嗎？為何我會讓羽高先生如此的執著？**」甄宓睜著大眼問道。

高飛想道：「其實特別的是我，我知道歷史的進程，這是我優於全天下人的特別之處，也是成就我燕王地位的基石……」

「羽高先生……你怎麼了？」甄宓見高飛不回答，納悶道。

高飛道：「沒什麼，既然你不願意放棄他們，我自然也不會放棄你。我不管你到底知道些什麼，是否真的知道我的身分，但是我既然決定把你帶到燕國，就一定不會讓你留在魏國。大小姐，我看他們休息的也差不多了，現在該啟程了，天色已經黑了，對我們來說是個很好的掩護。」

「多謝你，羽高先生。」

高飛見甄宓興高采烈的離開了，忽然發現自己犯下了一個嚴重的錯誤，他不該答應甄宓帶走這些會扯後腿的人，可是，他既然已經答應了，就得一諾千金，他必須肩負起這個重任。

「潁川，我來了。」高飛目視著潁川方向，緩緩地說道。

潁川，陽翟。

徐庶在辰時梆子敲響時準時邁出家門，他頭上戴著一頂斗笠，身上穿的藏青色長衫有些褪色，但洗得很乾淨，腰間掛著一個布包，裡面裝的是筆墨紙硯。

徐庶仔細地檢查了一下裝備，然後將門鎖好，推開院門走出去。

「大人，您這麼早就要出去啊？」許褚看到徐庶，打著招呼。

「是啊，非常時期嘛。」徐庶微笑著回答。

「大人，那我跟你一起去吧。」許褚自從被曹操調給徐庶擔任親衛隊長後，和徐庶相處的還算融洽。

「不用了，你去校場協助曹洪練兵即可。」徐庶道。

在許褚的眼中，徐庶是個值得尊敬的人，溫文儒雅，接人待物很有分寸；最重要的是他很安靜，而且對他並沒有嚴格的要求。在他看來，徐庶比起那些每天晚上喝酒行令，喝醉了就擊筑高歌的魏軍武將們強多了。

徐庶走到太守府的出口，兩名穿著黑衣的士兵正守在那裡，手握長槍，不時打著呵欠。他便輕咳了一聲，小聲地提醒道：「你們兩個，當心點，許褚快要出來了，要讓他抓到你們這麼沒精打采的，有你們好果子吃的。」

不等那兩名士兵回話，徐庶便離開了太守府，一進入街市上，立刻融入了人群之中。

潁川本來就是人傑地靈之地，陽翟作為潁川郡的郡城，自有一番繁華。只是，如今的陽翟城也好不到哪裡去。

兩年前，曹操率軍攻打到了這裡，宋國的潁川太守據城抵抗，寧死不降，曹操一怒之下，嗜殺病又犯了，一道屠城的命令下達之後，便教人用箭矢射進城裡，弄得陽翟城裡人心惶惶，守兵立刻便分成了兩派，一派主降，一派主戰，結果兩派先在城裡打了起來，反倒屠殺了不少城中百姓。

後來，曹操看準時機進行猛攻，只用了半個時辰，便攻進了陽翟城裡。可是，他這招讓敵人窩裡鬥的計策，比他親自屠城還狠，弄得陽翟城裡多出了五萬具百姓的屍體，陽翟城的人口頓時減少了不少。

後來，徐庶擔任潁川太守，便致力於發展潁川，在政務上力求做到勤政愛民，並且重新修建城池、集市，又從昌邑遷來不少百姓，總算使陽翟又恢復了往日的氣息，只是不能和以前的繁華相比。

此時，徐庶正獨自一人走在街市上，他要去馬市買馬。

中原少馬，徐庶聽說最近陽翟城裡突然多出一個馬市，作為地方上的最高行政長官，他必須去看個究竟。

馬市在陽翟城東南，是最近一個月興起的。徐庶不慌不忙地來到了馬市。一靠近馬市，就能聞到一股刺鼻的馬糞味，各式品種的駿馬在分隔成一間一間的木圍欄中打著響鼻，欄杆上掛著樹皮製成的掛牌，上面用墨字寫著產地及馬的雌雄、年齒，馬販子則抱臂站在一旁，向路過的人吆喝自己馬匹的優點；有的馬販子還將洗刷乾淨的轡頭與鞍韉掛在欄杆上，用來招徠顧客。

在旁邊更為簡陋的圍欄裡賣的則是驢和騾子，那些地方就遠沒馬欄那麼華麗。賣馬的多是羌族與匈奴族的人，造型怪異；而賣驢和騾子的則以中原商人為主。

徐庶在馬市上轉悠了一圈，沒發現有什麼異常之處，可是他的心裡卻隱約覺得有點蹊蹺，尤其是那些西羌人所販賣的馬匹，絕對是上等的西涼馬。他對馬匹略懂一二，知道優劣，暗道：「奇怪，怎麼西涼的馬匹會到了這裡？」

面對這些馬匹，徐庶有些心不在焉，一遍又一遍地在各個圍欄之間走來走去。

終於，他注意到一家賣馬的圍欄上掛出的牌子有些奇特，那個牌子在「馬」字的斜上方用淡墨輕輕地點了一滴，像是在寫字時無意灑上去的，不仔細看根本看不到。

徐庶又兜了幾個圈子，從這家圍欄隔壁右起第四家問起價錢，一家一家問下來，最後來到這一家圍欄前面，問道：「這馬可是有主的？」

賣馬的主人匆忙走過來，點頭哈腰，連連稱是。

這是個瘦小乾枯的中原漢子，年紀不大卻滿臉皺紋，頭髮上沾滿了稻草渣。

「大爺，我這匹馬賣五斛粟，要不就是兩匹帛。」

「太貴了，能便宜些嗎？」

馬的主人趕緊擺出一張苦相，攤開兩隻手：「大爺您行行好，這裡可是中原，中原少馬，能夠見到我這樣上等的馬匹，實屬罕見。這可是小的親手從隴西帶過來的，是上等的西涼馬，耐力極好。你看這四肢，粗壯有力……」

聽到馬的主人這麼積極的介紹起馬匹的好處來，徐庶的眼神裡閃過一道銳利的光芒，不動聲色地問道：「西涼馬？那要帶到中原來，恐怕極為不易吧？」

「說難也不難，說容易也不容易。大爺，你到底要不要這匹馬？」

「唔……要！可是你只有一匹，我要的多……」徐庶想了想，答道。

馬主人聽到這話，立即問道：「大爺，你要多少？」

「多多益善！」

馬主人警惕的打量了一下徐庶，問道：「看大爺一身儒雅，莫非是官家吧？」

「嗯，你眼力不錯，我是潁川的主記，奉太守的命令前來馬市為軍隊選購軍馬。」

馬主人急忙拜道：「小人有眼不識泰山，拜見主記大人。不知道主記大人要多少馬匹？小的看看能不能弄來……」

「我聽說涼國對戰馬的控制十分的嚴格，根本不允許私人販賣戰馬，更別說這種純種的西涼馬了。你實話告訴我，你是不是有什麼門路？」徐庶質問道。

馬主人笑道：「大人，這你就別問了，總之，大人需要多少，小人就能弄來多少。」

「我聽說涼國對販賣戰馬的刑罰很重，難道你就不怕受到處罰嗎？」徐庶又問。

「我說大人，你到底是買馬呢，還是問話呢？我販馬的都不怕。你買馬的怕什麼？何況，這裡是魏國，涼王權力再大，也不能把手伸到魏國來吧？大人，你要是要呢，就準確的給我個數字，我自然就會把馬給你弄過來。」馬主人不耐煩地道。

「兩千……我要兩千匹戰馬，你什麼時候能夠弄來？」徐庶伸出了兩根手指頭。

「大人出什麼價錢？」

「你放心，中原少馬，就算有飼養的馬匹，也絕對不如西涼馬，要是你能將馬匹弄到這裡來，價錢自然低不了，而且我還能給你點好處。」

「大人，兩千匹不是個小數目，要從西涼冒著殺頭之罪把馬匹運過來，可不是一朝一夕能夠完成的。大人看到那些羌人了嗎？他們來到中原之後，就不會再回去了，原因很簡單，就是因為他們觸犯了涼國的法律，想回都回不去了。」

徐庶對自己眼皮子底下的事，自然很清楚，他知道這些羌人是逃到魏國的涼國的犯人。不過，他對此也有點疑慮，因為最近陽翟城裡來了不少羌人，**不斷增加的羌人讓他覺得事有蹊蹺**，加上最近一段時間逐漸活躍起來的馬市，讓他變得更加敏感。

「那大概需要多少時間？」徐庶問道。

「這個嘛……我要問一下我的大哥才行。大人是真心想買西涼馬嗎？」

「當然，西涼馬的耐力是眾所周知的……你放心，只要你能給我帶來兩千匹戰馬，價錢都好說。我看你也是個跑腿的，根本做不了主，不如這樣吧，讓我見見你大哥，由我來跟他談，怎麼樣？」

馬主人想道：「看這人是真心想買馬，如果我把他帶回去見大哥，大哥肯定會誇獎我一番……」

賣馬的小販便點點頭道：「好吧，那你跟我來。」

話音一落，小販找人頂替他照看攤子，便帶著徐庶離開馬市，穿過幾條小巷，進了一所民宅。

民宅沒有什麼特別的，小販抬起手很有節奏的敲了幾下。

「天王蓋地虎……」從門裡傳來一個粗獷的聲音。

小販聽了，回著暗號道：「寶塔鎮河妖。」

「吱呀」一聲，門打開了，從門裡露出一個十分強壯的漢子，看了眼小販，又看了眼跟在小販身後的徐庶，問道：「有什麼事？」

小販一臉笑意地道：「大哥在嗎？」

「在裡面。你身後的這人是誰？」

小販道：「這是貴客，快讓開，我要帶貴客去見大哥，以後我們半年的吃喝就全在這個貴客身上了。」

開門人聽到小販這話，不再阻攔，將小販和徐庶放了進去。

徐庶跟在小販後面，徑直走進一個客廳，客廳裡坐著一個人，那人四十歲模樣，長相有點猥瑣，身材魁梧。

那人看到徐庶和小販，奇道：「錢三，你小子不去賣馬，怎麼帶個人回來了？」

那叫錢三的小販急忙說道：「大哥，這是個貴客，他可是一下子要買兩千匹戰馬呢。」

那人細細地打量了一番徐庶，問道：「兩千匹戰馬可不是小數目啊，客官要那麼多戰馬做什麼？」

「實不相瞞，我是本郡的主記，奉太守大人的命前來補充馬匹。」

「原來是官家，真是失敬了。不過，你來的不是時候，我只有戰馬一匹，就是街上的那匹，根本沒有兩千匹，你還是請回吧。」

「大哥，這可是貴客啊……」錢三不解地道。

「你給我閉嘴！送客！」

徐庶見對方下了逐客令，急忙說道：「難道你就不怕我帶官軍來，把你們全部抓起來嗎？」

「哼！隨你的便。我們只不過是普通老百姓，又沒有做什麼違法的事情，抓了又能如何？聽聞本郡太守徐庶是清正廉明的好官，我相信徐大人可以還我們一個清白的。」

「說得好，既然如此，為什麼你就不能把戰馬賣給我們呢？這也是太守大人

親自下令讓我來選購馬匹的，如果可以的話，我保證讓你們大賺一筆。」

那人道：「我不是為金石所動的人，我做的可都是殺頭的買賣，在涼國，私自販賣馬匹是要殺頭的。」

「嗯，這項政令我知道，如果你們能夠販賣兩千匹戰馬過來，我一定會讓你在魏國落戶，聽你的口音，你應該是西涼人，對吧？」

「大人，你能容我想想嗎？」那人有些動搖了。

「可以，明天我會再次登門拜訪，希望你能給我一個答覆，否則，我只能將你們逐出魏國國境了。」徐庶道。

「錢三，送客！」

徐庶出來後，心中想道：「涼國政令森嚴，函谷關又牢不可破，要想把戰馬運到魏國來，簡直是不可能的，這裡面一定有蹊蹺，必須嚴密監視。」

錢三送走徐庶，回到客廳，卻看到一張冷漠的臉，忙道：「大哥，今天這事……」

「你現在就收拾東西，跟我一起出城，去見主人。」

「大哥，為什麼走得那麼急？」

「少廢話，我錢虎要做的事，什麼時候輪到你問了？趕緊收拾東西，跟我一起出城。」

「是，大哥。」

錢虎、錢三急急忙忙的出了城，疾行數十里，在一座莊院前停了下來。

莊院並不大，錢虎下馬走到了莊門前，一邊敲門一邊大聲喊道：「開門，快開門，我是錢虎，我要見主人。」

大門打開了，進了客廳，錢虎立刻跪在地上，朝坐在上首的一個白袍少年拜道：「屬下錢虎，叩見主人。」

白袍少年面無表情的道：「你怎麼回來了？」

「啟稟主人，屬下有重要的事情要向主人稟告，不得不深夜趕回來。」

「有什麼急事？是不是潁川太守徐庶突然暴病而死，或是大將曹洪、許褚雙雙遇刺身亡？」

錢虎道：「主人，都不是，是徐庶化裝成一個主記，親自來選購馬匹，屬下猜不透他的用意……」

「徐庶？他要買多少馬匹？」

「兩千匹！」

「兩千匹？數目不小，那你答應他了？」

「沒有，屬下怕引起徐庶的懷疑，所以未敢答應。他讓屬下明天答覆他，主人，那屬下是該答應還是不答應？」

「答應他。這次是我們問鼎中原的好機會，**本王要率領精銳鐵騎橫掃中原，要讓天下人記住我馬超的名字**。錢虎，你的手下都做好準備了嗎？」

「主人放心，屬下的部下都已經潛入了陽翟城，隨時聽候主人的調遣。」

馬超聽後，臉上露出滿意的笑容，說道：「很好！本王明天就回函谷關，你回去先答應徐庶，到時候我會再聯繫你的。」

「諾！」

深夜的陽翟城，顯得格外寂靜。

太守府中，燈火通明，徐庶召集眾將，在大廳中議事。

曹洪、許褚、李典、樂進等十員將軍、校尉依次站成兩排，全副武裝，身披厚鎧，一臉堅毅的望著坐在上首的徐庶。

「曹洪！」

徐庶拿出一枚權杖，捏在手中，看了眼曹洪，叫道。

「軍師有何吩咐？」曹洪出列，抱拳道。

徐庶將權杖扔給曹洪，曹洪一把接住。

徐庶朗聲道：「今晚開始，全城戒嚴，搜捕所有在陽翟城中的羌人以及販賣馬匹的人，一個也不能漏掉。」

曹洪手中握著徐庶給的權杖，不解地道：「軍師，馬市最近剛剛活躍起來，前幾天軍師不是還在說準備大肆發展馬市嗎？怎麼這會兒又要屬下前去搜捕所有販賣戰馬的人？」

「你不用問那麼多，按照我說的去做就行了。」

徐庶也不解釋，隨手又拿起一個權杖扔給李典，下令道：「李典，連夜緊閉城門，沒有我的命令，任何人不得私自進出。」

李典接過權杖，他沒有像曹洪那樣多嘴，大聲回答道：「諾！」

「樂進、許褚，你們兩個人連夜出城，火速奔赴軒轅關、虎牢關，樂進把守軒轅關，許褚去虎牢關告知韓浩、史渙二人，讓他們這一段時間嚴守虎牢關，加強戒備。」徐庶繼續吩咐道。

樂進、許褚接過權杖，和曹洪、李典面面相覷了一番，每個人的眉頭都不由皺了起來，心想到底出了什麼事，竟然會讓徐庶弄出如此大的動靜。

自從曹操聯合孫堅消滅袁術占領豫州以來，魏軍的首席軍師戲志才暴病身亡，徐庶便成了魏軍繼戲志才之後的首席軍師。曹操讓一直在昌邑搞後勤工作的荀彧當了相國，任命徐庶為豫州刺史、潁川太守，獨斷專權的經略豫州，將潁川、陳留二郡全權委任給他，不管是誰，都要聽徐庶的。

這兩年來，徐庶也不負曹操的厚望，一方面加強軒轅關、虎牢關的防禦措施，一方面積極訓練士卒，在潁川、陳留兩地施行屯田，並且讓屯田令推行到整個豫州。除了汝南郡少數縣依舊荒涼外，其餘郡縣的農業都有很大的發展。

曹洪按捺不住，一直想刨根問底，問道：「軍師，到底發生了什麼事，能否見告屬下？」

徐庶只道：「按照我的命令去做，搜捕所有在城中的羌人、匈奴人，但凡有抵抗的，一律格殺勿論。還有，派遣軍隊拆掉馬市，將抓捕到的販馬人全部關入大牢，聽候發落。」

曹洪對於徐庶的雷厲風行很清楚，見徐庶不肯說，索性也不再問了，船到橋頭自然直，他相信他會知道答案的，只不過是早晚的問題。

「諾！」眾將領命後，各自退出太守府的大廳。

徐庶看著曹洪、許褚、李典、樂進等人離去的背影，心中想道：「**今夜，陽**

翟城裡將是個不眠之夜……」

清晨的第一縷陽光穿透薄薄的霧氣，照射在官道兩旁的密林裡，一個長長的隊伍沉浸在溫暖的陽光中，享受著大自然給予的溫馨。

「匡！匡！匡！」

數聲鑼聲被敲響了，音符飄蕩在空中，猶如層層波浪一般，一波接一波的傳進仍在熟睡中的人們的耳朵裡，讓人們心不甘情不願的醒來。

「起來了，該上路了。」高飛騎著駿馬，往來奔馳在隊伍中，一邊喊著，一邊敲打著手中的鑼，將在此露宿的人給叫醒。

昨晚，高飛下令急速前行，希望連夜趕往潁川，可是走不到十里路，那些百姓都累得氣喘吁吁，有的甚至累倒了，最後在考慮百姓的身體素質後，高飛決定暫時露宿在官道兩旁，等天明了再走。

大家被高飛給吵醒，甄府的人開始埋鍋造飯，炊煙緩緩地飄向高空中。

高飛回到隊伍的最前列，來到甄宓所坐的馬車邊上，對保護在馬車邊上的甘寧道：「你再去前面探探路，這裡離潁川還有一段距離，看看前面有沒有什麼危險。」

甘寧點點頭，翻身跳上馬背，大喝一聲，飛馳而去。

此時，窗簾掀開，露出甄宓那甜美的小臉。

「羽高先生，真是辛苦你了，以這樣的速度，恐怕要趕到潁川郡還要兩天功夫，現在，我才知道羽高先生所考慮的情況。或許我真的不應該帶著他們來冒險，應該讓他們去吳國，風險會小點。」甄宓帶著一絲愧疚地說道。

「算了，都走到這裡，已經沒有退路了，既然決定了，就不要後悔。你放心好了，我會盡全力將你們所有人都安全的帶到燕國的。大小姐，你好好休息，前面還有一段很長的路要走呢，等過了黃河，我們就安全了。」

甄宓點點頭，放下了窗簾。

高飛目視著前方，心中暗暗想道：「過了潁川，便是洛陽舊都，不知道趙雲稟告的洛陽舊都附近經常出沒的神秘騎兵隊伍到底調查的怎麼樣了？但願通過的時候不要遇到什麼危險才好……」

與此同時的潁川郡陽翟城裡，如今是滿城風雨，百姓都躲在家裡不敢出來，大街小巷裡灑滿了鮮血，空氣中充滿著血腥的味道，地上更是橫七豎八的躺著許多屍體，有魏軍的，有羌人的，也有部分匈奴人和漢人的。

徐庶一身戎裝，手提一柄長劍，帶著兩名親隨在街頭巡視，看到不少魏軍士兵正在搬運著屍體，他的心裡實在是很不好受。

「軍師，經過一夜的血戰，城中都已經清理完畢了，現在屍體也清理的差不多了，下一步該怎麼做？」李典見徐庶過來巡視，上前抱拳問道。

徐庶看見李典的臉上、戰甲上染了不少鮮血，伸手拍了拍李典的肩膀，語重心長地說道：「李將軍辛苦了。」

不等李典回答，曹洪策馬揚鞭奔馳了過來，見徐庶、李典均在，急忙跳下馬背，走到徐庶面前，一臉羞愧的道：

「軍師，屬下有失察之罪，沒想到城裡會混進來這麼多人，幸虧軍師發現及時，不然後果不堪設想。如今一千名異族已經全部誅殺，一個也沒有漏掉，這都是軍師的神機妙算所致，以後子廉絕對不會再對軍師有絲毫懷疑了。」

「曹將軍，這件事與你無關，雖然全城兵馬都在你的手中握著，可是我的職位在你之上，要說失察的話，應該是我才對。昨夜若非曹將軍率軍與敵激戰，遏制住這些異族的進攻，只怕造成的危害會很大。對了，我讓你去查的那個地方，查了沒有？」徐庶道。

曹洪道：「查了，可是等屬下去到那間民宅的時候，那間民宅早已空無一人，沒有遺留任何東西。」

徐庶憾恨道：「沒想到那兩個人居然有先見之明，先行逃離了，既然有漏網之魚，那也不錯，**我們索性就放長線釣大魚**。」

曹洪聽到徐庶的話，忍不住問道：「軍師，屬下到現在還不明白，這到底是怎麼一回事，那些異族人是來避難的，怎麼會有那麼強的戰鬥力，在我軍占有優勢的情況下，居然還能殺死我軍一千五百名將士，此等戰鬥力可見一斑。」

徐庶道：「這些人都是盤踞在關中和涼州的馬氏父子的部下，如果我沒猜錯的話，前一陣子出沒在洛陽舊都的神秘騎兵，應該就是馬騰父子派來秘密潛入魏國的人。」

曹洪、李典聞言皆為之一震，齊聲道：「**難道馬騰父子也有爭奪中原的意思？**」

「從這件事來看，恐怕是的。不過，這個計策實在太過巧妙，先讓他們偷偷潛入魏國，以販賣馬匹的馬販子為身分，等到聚集的人數越來越多的時候，估計就是開始發動突襲的時候。」

「軍師，那我們下一步該怎麼做？」曹洪問道。

徐庶笑了笑，說道：「**順藤摸瓜**，既然那個叫錢三的和他的兄弟離開了城池，就**放長線釣大魚**。馬騰是涼王，他兒子馬超也稱秦王，一個占據涼州，另一個盤踞關中，這對父子多年來一直經略關中和涼州，至於內部情況到底如何，外人很少得知，既然馬騰父子有奪取中原的意思，那我們該好好的準備一番。曹洪，即刻派人將此事報告給大王，請大王定奪此事。」

「諾！」

第五章

何方神聖

「徹查此事，另外讓李典帶領三千人去陽城，暫代陽城縣令，安撫百姓。至於那支神秘騎兵隊伍的事就交給你了，無論如何都要查出他們的下落來。」

曹洪沒有推辭，他也想親眼目睹一下那支神秘的騎兵隊伍到底是何方神聖。

陽翟城外五十里處的一個莊院裡，馬超騎著一匹白色的駿馬，頭戴銀盔，身披銀甲，手拿亮銀槍，一出莊院的大門，便顯得神采飛揚。

一百名清一色披著白袍、用白布蒙著臉的精銳騎兵，緊緊地跟隨在馬超的後面，每一個騎士都是那麼的精壯，宛如一個模子裡刻出來的一樣。

將近一個月的時間裡，馬超多次帶領著精銳的百騎往來在司隸之間，這支騎兵經常是神出鬼沒，神龍見首不見尾，楚國、魏國、燕國相繼派出的斥候都被馬超的這支騎兵給殺死，就連屍體都讓他弄得無影無蹤。

今天，馬超再一次全身披掛，準備從這裡一路奔馳回函谷關，也準備以這番亮相在魏國境內跑上一圈，讓魏國的人都看看他馬超是如何突然出現在魏國境內的。

「出發！」馬超將手中亮銀槍向前一招，大聲喝令道。

「等等！」

這時，錢虎騎著一匹快馬從陽翟城方向奔馳過來，馬不停蹄的來到馬超的面前，滾鞍下馬，跪倒在地上，哭喪著臉道：「主人，大事不好了，徐庶他……」

「徐庶？徐庶怎麼了？」馬超冷笑一聲。

「主人，小的星夜奔馳到了陽翟城，可是四門緊閉，城中喊殺聲不斷，小的便躲在城外，靜待天明。哪知今日清晨，赫然看見陽翟城的四個城門上都掛著血淋淋的人頭，那些人頭，是我們利用了三個月的時間才秘密潛入進去的，誰知徐庶那廝竟然一夜之間將小的部下連鍋端了……」

「該死的徐庶！」馬超手中亮銀槍猛然投了出去，槍尖刺進路邊一棵大樹上，並且穿透了大樹，是多麼驚人的神力啊。

「主人，我們殺向陽翟城，替死去的兄弟報仇！」錢三一臉殺氣地在馬超的身後叫囂道。

錢虎則是茫然地問道：「主人，我們現在該怎麼辦？」

馬超皺著眉頭，扭頭對錢虎道：「上馬，回函谷關，這個時候大軍應該已經集結完畢了，**我要率領大軍占領洛陽廢都，並且將整個黃河以南的司隸全部奪回來，之後恭迎天子，蒞臨舊都，問鼎中原，挾天子以令天下！**」

錢虎聽了道：「主人，是否提前派人回去通知太尉楊彪，司徒王允以及涼王殿下？」

「錢三，你先行回去，到函谷關後，便讓張繡派人去通知涼王，懇請涼王率領十萬西涼鐵騎進入關中，以備不虞，另外徵召楊彪、王允到函谷關，有這兩個老傢伙為我出謀劃策，我心裡比較有些底。」馬超吩咐道。

「諾！」

錢虎問道：「主人，那我們不回去嗎？」

「回去是要回去的，不過，在回去之前，要先做點事情，既然來了魏國，就不能讓那一千名精銳士卒白白的死掉。」

「主人，那我們該怎麼做？」

馬超臉上露出一絲狡黠，說道：「你跟我走，到時候就知道了。不過，在走之前，先燒掉這處莊院，徐庶既然殺了我們隱藏在城裡的士兵，應該是察覺到了什麼，徐庶既然是魏國的軍師，必然有其聰慧之處，這一次是我低估他了。」

話音一落，馬超對所有人下了一道命令，準備許多火把，就地放火燒毀莊院，之後便揚長而去，消失在滾滾濃煙之中。

陽翟城中。

徐庶派人挨家挨戶的進行安撫，以叛亂為名，處死了那些在馬市上從事販賣馬匹的人，寧可錯殺，不可放過，並且將人頭懸掛在城門上，以示懲戒。

中午的時候，陽翟城裡漸漸恢復了生氣，城中各個街巷也都被沖洗了一遍，到處瀰漫著的血腥味已經煙消雲散，整個城池變得乾淨異常。

太守府裡，徐庶正簡單的吃著午飯，看著地圖，忽見曹洪邁著急促的步伐從外面進來，臉上還有點慌裡慌張的，便問道：「曹將軍，發生了什麼事？」

曹洪急忙道：「啟稟軍師，陽城突然遭到不明軍隊的襲擊，陽城的縣令戰死，整個城池被大火毀於一旦……」

「你說什麼？這是什麼時候的事？」徐庶急忙問道。

「陽城的一名衙役剛剛前來彙報的，不僅如此，從陽翟到陽城這一路上百餘里路沿途的村莊。都受到了不明軍隊的襲擊，燒殺搶掠，百姓苦不堪言，屍體遍地都是……」

「可惡！那不明軍隊是何等打扮？」徐庶氣憤地道。

曹洪道：「軍師，那不明軍隊正是前段時間在洛陽舊都附近神出鬼沒的騎兵隊伍……」

徐庶聽完，眉頭緊緊皺了起來，道：「軒轅關、虎牢關的關防牢不可破，難道這撥騎兵是插上翅膀飛過來的不成？不然軒轅關、虎牢關為什麼不見奏報？」

曹洪也很納悶，說道：「這個我也不是很清楚，可以肯定他們絕對不是從軒轅關、虎牢關來的……」

「徹查此事，另外讓李典帶領三千人去陽城，暫代陽城縣令，後續物資我會派人運抵陽城，安撫百姓最為重要。至於那支神秘騎兵隊伍的事就交給你了，無論如何都要查出他們的下落來。」

曹洪頗感任務艱巨，但是他沒有推辭，對他來說，越難的任務越有挑戰性，更何況，他也想親眼目睹一下那支神秘的騎兵隊伍到底是何方神聖。

領了命令，曹洪便急忙去了校場，點齊了五百名虎豹騎，飛馬出了陽翟城，李典則隨後帶著三千馬步軍急忙奔赴陽城赴任。

陽翟城裡，徐庶一方面調度糧草，一方面在暗中猜測那支神秘騎兵隊伍到底是何方神聖，為何能夠神不知鬼不覺的在魏國境內突然出現，而錢虎、錢三也下落不明，**是否那支神秘的騎兵隊伍就是來自於函谷關以西的呢？**

「啟稟大人，潁水周圍發現一批龐大的車隊，約莫有上千人。」一個斥候走進太守府，打斷了徐庶的思緒。

「車隊？什麼車隊？」

「像是舉家遷徙的車隊……」

「從哪裡來的？」

「上蔡。」

「汝南郡來的？暫時先不用管他們，從現在開始，你們全部給我散出去，在陽城、輪氏、郟縣、父城、軒轅關一帶給我仔細的搜索，發現任何可疑的騎兵隊伍，就立刻向我稟告。」

徐庶深知汝南郡的難民很多，舉家遷徙的富人也不在少數，他已經司空見慣了，所以並不在意，只要在魏國境內行走，他就不用去理會，相比之下，迫在眉睫的則是那支神秘的百人騎兵隊伍。

「諾！」

高飛、甄宓等人經過一路的長途跋涉，終於到了臨潁縣界，他們沿著潁水北上，走走停停的，好不勞累。

「全部停下休息。」高飛無奈地搖了搖頭。

休息時，高飛拿出一個水囊，咕嘟咕嘟的喝了幾口，總算解去了口渴。

經過這一天多的相處，他發現甄府的家丁、家奴都是些走投無路的人，被甄府給收留後，包吃包住還給工錢，所以甄府的家丁、家奴都很賣命的為甄府工作，從未有過什麼怨言。

可是，在高飛的眼裡，這些人卻沒有什麼利用價值，完全是他的累贅，如果真遇到什麼危險，高飛也只有暫時捨棄他們，獨自一人將甄宓帶走了。

「得得得！」一匹快馬從北邊的河岸上，向著高飛等人休息的地方飛駛而來，馬背上的人正是甘寧。

這兩天，甘寧也累壞了，他暫時充當起斥候，不斷地打探前方的情況，以便確定是否要繼續前行。

甘寧翻身下馬，來到高飛面前，抱拳道：「主人，前面並無任何障礙，臨潁城門緊閉，進入了戒備狀態，聽說陽城被一支不明的騎兵隊伍給洗劫了，從陽翟到陽城的路上，到處都是燒毀的房屋，橫七豎八的屍體，以及被踐踏的農田……」

高飛聽到甘寧的彙報後，便道：「你去休息吧，這兩天不用再出去打探了，我想，這時候正是我們暢通無阻到達魏國邊境的好時機……」

「主人，屬下不是太懂？」

「很簡單，因為那支神秘的百人騎兵隊伍已經引起了徐庶的重視，而我們與那些燒殺搶掠的神秘騎兵隊伍相比，簡直是微不足道。咱們只管走自己的，大約在三天後便能抵達軒轅關，到時候再想辦法通過軒轅關，進入洛陽舊都，然後北渡黃河到燕國。」

甘寧聽完高飛的解釋，點點頭道：「屬下明白了，屬下這就去休息，以便養好精神，在軒轅關大展身手。」

高飛笑道：「嗯，你去吧。」

甘寧走後，高飛的笑臉立刻變成了憂愁，暗想道：「那支神秘的騎兵隊伍到底來路為何，居然出現在魏國境內進行燒殺搶掠？」

「燒！給我全部燒光！」

魏國潁川郡輪氏縣城南端的一處村莊外，馬超手持亮銀槍，騎在馬背上，指揮著自己的部下正在肆意縱火。

火光沖天，村莊內，數百個魏國的百姓被大火吞噬，慘叫聲不絕於耳。

「主人，我們一路上燒殺搶掠，想必會引起徐庶的注意，下一步我們該怎麼辦？」錢虎策馬來到馬超的身邊問道。

馬超看著沖天的火光，臉上露出猙獰的笑容，眼裡更是無比的興奮之色，道：「先攻占輪氏縣城，駐守在軒轅關的樂進必然會出兵前來救援，然後聲東擊西，避開樂進主力，直撲軒轅關下，殺他個措手不及。」

錢虎聽了，豎起大拇指讚道：「主人英明。」

「殺！全部殺掉，一個不留！」

馬超策馬向前，來到村口，看到有幾個全身著火的村民衝了出來，當即對堵在前面的部下喊道。

「嗖！嗖！嗖！」

馬超的部下接到命令，立即進行射擊，箭矢飛快的射了出去，直接插進那些想要從火海裡逃生的村民身體中，那些村民立刻喪命在箭矢之下。

火勢在不斷的擴大，將村莊周圍的樹林也給燃燒了起來，只一會兒時間，原本在火海裡不斷發出慘叫的村民們都變得安靜下來。

馬超調轉馬頭，將手中的亮銀槍高高舉起，大聲喊道：「全軍集結，目標輪氏縣城！」

一百名騎兵迅速的集結在一起，緊緊地跟著馬超策馬奔馳而去，每個人的心裡都是無比的興奮。

馬超離開村莊一個時辰後，樂進帶著一千騎兵從軒轅關趕了過來。

此時，天色已經大亮，村莊已經變成了一片焦土，一些地方還冒著餘火，周圍被濃煙熏得黑黑的，燒焦的屍體呈現著垂死前的掙扎姿勢，橫七豎八的躺在那片灰燼之上。

「可惡！」樂進看了這一幕，憤然地將手中的長槍擲在地上，恨恨地說道：「派出所有斥候，務必要要找出那批混蛋的下落！」

「諾！」

樂進皺起眉頭，閉上眼睛道：「留下兩百騎，將屍體全部掩埋，其餘的人全部跟我走，那幫混蛋飄忽不定，一路上燒殺搶掠，必然會進攻縣城，從這裡到輪氏縣城，沿途還要經過四五個村莊，按照那幫混蛋的做法，必然不會放過。我們必須抄近路，迅速趕往輪氏縣城才可以。」

話音落下，樂進留下兩百騎兵收拾殘局，自己帶領著八百騎兵抄近路馳往輪氏縣城。

樂進這邊剛走沒多久，曹洪便帶著五百名虎豹騎奔赴到了這裡，看到有官軍正在掩埋被燒焦的屍體，便停了下來。

曹洪接到徐庶的命令後，便立刻帶著五百名虎豹騎連夜奔馳，按照他的估算，覺得輪氏縣城很可能受到攻擊，便馬不停蹄的星夜趕了過來。只見沿途所過之處，盡皆是被焚毀的村莊，讓他更加的氣憤不已。

「你們是誰的部下？」曹洪策馬來到人群中，大聲喝問道。

一個屯長站了出來，抱拳道：「啟稟將軍，我等均是軒轅關守兵，是樂進將

軍的部下。」

「樂文謙何在？」曹洪的目光掃視了一圈，卻未發現樂進的身影，問道。

那個屯長回答道：「樂將軍率領八百騎兵抄近路去了輪氏縣城，命令我等從這裡沿著官道向輪氏縣城而進，沿途收拾殘局。」

曹洪聽後，扭頭喊道：「都跟我來，抄近路去輪氏縣城！」

話音一落，曹洪帶著五百名虎豹騎飛馳而出，只留下一道滾滾煙塵。

樂進帶著八百騎兵走鄉間小道，在距離輪氏縣城還有二十里處時，赫然看見一個完好無損的村莊，村民們正在村莊裡恣意享受著和平的日子所帶來的寧靜。

看到這一幕，樂進鬆了口氣，對身後的一個軍司馬道：「看來那幫混蛋沒有來這裡，你帶一百騎兵留下，將這裡的村民全部帶走，讓他們暫時到附近的山林裡躲一躲，之後再來和我會合。」

「諾！」

隨後，樂進每經過一處村莊，便留下一百騎兵就地驅散當地村民，讓他們暫時離開村莊，躲避在附近的山林裡。

當樂進抵達輪氏縣城時，他的八百騎兵只剩下兩百了。

「呼！」樂進遙遙地望見前面的輪氏縣城，見縣城上還插著「魏」字大旗，穿著魏軍衣服的士兵正在城牆上閒庭信步的走來走去，不禁鬆了口氣，喜悅地道：「我們終於趕在那幫混蛋的前面了，都隨我進城，我們要在這裡設下埋伏，等著那幫混蛋的到來。」

「諾！」

樂進來到城下，見縣城的城門緊閉，便高聲朝城牆上喊道：「我乃橫野將軍樂進，快快打開城門。」

城門很快被打開了，樂進帶著二百騎兵駛進縣城裡，只見城內街道上空無一人，地上一片狼藉，守城士兵的眼裡還帶著凶光，他心裡不禁疑竇叢生。

「停！」樂進勒住馬匹，二百騎兵在他的身後一字排開。

「縣令何在？」樂進問向旁邊一個守城的士兵道。

士兵目光閃爍，最後在樂進如炬目光的注視下，方才吞吞吐吐地道：「縣令大人在縣衙裡……」

樂進一聽，頓時感到危機四伏，因為那個士兵的口音並非本地人，他手起一槍先刺死那個士兵，隨即又殺了另外一側的士兵，喊道：「撤退！全軍撤退！」

就在這時，城門的門洞前面頓時湧現出一撥騎兵，當先一人銀盔、銀甲、銀

槍，白袍、白馬、白臉，俊朗英氣的臉龐，身後騎兵亦是清一色的裝束。

「樂進！本王等候你多時了！」當先的那個人正是馬超，他將手中的亮銀槍向前一指，大聲說道。

與此同時，錢虎以迅雷不及掩耳之勢，帶著五十名騎兵從城門外面的樹林裡殺了出來，五十名騎兵猶如從天而降，各個皆神勇無比，一番衝殺後，竟然不曾折損一名騎兵，硬是配合在城中的馬超，將樂進和一百六十多騎堵在了窄小的門洞裡。

樂進見前後都有伏兵，抖擻了一下精神，安撫部下道：「都給我穩住，不許亂，誰敢亂，定斬不赦！」

士兵聽到樂進的話後，頓時安定下來，不敢隨意亂動，緊握手中的兵器，等待樂進新的命令。

樂進治軍嚴謹，在魏國的將軍中是出了名的，他出身行伍，被曹操意外發現，並且提拔為將軍，對士兵的要求很是嚴格，所以他的部下在整體戰鬥力上是魏國屈指可數的。

「你是何人？」樂進是第一次見到馬超，鎮定地問道。

馬超嘿嘿地乾笑了兩聲，說道：「本王乃大漢天子親自冊封的秦王！」

「馬超？」樂進古波不驚的臉上露出了極大的意外之色。

「正是本王！」馬超自豪地道。

樂進道：「秦王親自到訪魏國，我做為魏國大將，親自迎接秦王也不過分。秦王既然來了，就不要走了，留在魏國，跟那些被你殺死的無辜百姓陪葬吧！」

「就憑你？」馬超舞弄著手中長槍，語氣帶著一絲譏諷和輕蔑。

樂進嘴角微微地動了一下，眼中瞬間射出凶光，大喊道：「殺！」

一聲令下，樂進的部下自動分成兩部，一部隨著樂進策馬向前，直接衝向馬超，另外一部則是向後衝了出去。

馬超見狀道：「你想死，那本王就成全你！」

話音一落，馬超身後的騎兵不待馬超的命令便衝殺而去，馬超則朝著樂進向前猛攻。

「轟！」一聲巨響，馬超和樂進的部下對衝在一起，兩軍馬匹相撞，最前面的立刻人仰馬翻。

只是仰倒的是樂進的部下，馬超的部下則堅如磐石的騎坐在戰馬上，長槍脫手而出，向樂進一方投擲出去，接著抽出腰中的馬刀，砍殺近身的敵人。

「錚！」馬超和樂進的長槍碰在一起，發出一聲清脆的響聲，槍桿微微帶著

顫抖，震得兩個人的手都有點發麻，可見兩人都使出了全身的力氣。

短暫的一個回合轉瞬即逝，兩人各自衝向對方的人群，長槍所到之處，但凡擋在前面的，盡皆落馬。

城門口頓時血流成河，雙方的拚鬥很快便分出了優劣。馬超的部下只折損了十餘人，其中有七八個是樂進殺死的，樂進的部下卻折損了五六十人。

樂進看到自己精心訓練的部下竟然如此不堪一擊，驚嘆道：「真沒想到對方的實力如此之強，看來是我太低估他們了……」

混戰還在繼續，慘叫聲在門洞內環繞，久久不能散去。

雙方戰勢懸殊越來越大，樂進的部下只剩下環繞在他身邊的二十多人，而馬超的部下卻有七十多人，將樂進包圍在中央。

「樂進！你的部下已經所剩無幾了，我知你是魏國名將，若是你在我面前自刎而死，我可以考慮放你的部下一條生路。」

馬超的身上也沾了不少血，將他的銀甲都給染紅了，他看著被包圍的樂進，大聲叫囂道。

樂進很清楚自己的處境，但是**他從未不畏懼強者，在他的人生詞典裡，只有戰死，沒有自刎，更沒有投降。**

「少廢話，儘管放馬過來吧。」樂進重新振作了下精神，說道。

馬超冷哼道：「不自量力，這樣吧，我和你單打獨鬥，你若勝了我，你的部下我全部放走，連同你在內。」

「來吧！」樂進想都沒想，立馬答應下來。

「夠膽色，是條漢子。」馬超見樂進如此爽快，大讚道。

「主人，殺雞焉用牛刀，讓屬下來吧，樂進非主人對手，不如交給屬下，也好給主人揚威。」錢虎對馬超道。

「好！你去會會樂進，讓魏國的人看看，我馬超的部下是多麼的強悍。」

「諾！」

錢虎領命策馬向前，他握著手中的彎刀，面色猙獰地望著樂進，挑釁道：「在下秦王帳下虎賁中郎將錢虎，特來向樂將軍討教幾招！」

樂進早就注意到這個人，剛才他的部下準備殺出城門時，就是錢虎帶著人擋住了去路，並且像砍瓜切菜一般隨意殺戮他的人。

他緊握手中長槍，心中充滿了怒火，拍馬直取錢虎。

樂進和錢虎瞬間便對衝到了一起，樂進長槍立刻刺出，只見錢虎將身體微微一側，躲過了樂進的第一招攻擊，同時手中彎刀揮砍而出，朝樂進的頭顱便劈了

過去。

「錚！」樂進見狀，急忙收回長槍，橫檔住錢虎的彎刀，兩般兵器相碰，發出一聲劇烈的響聲，在城門的門洞內回音不斷。

轉瞬即逝間，兩人的第一個回合較量便結束了，兩人再次分開，勒住馬匹，轉身再戰，第二個回合、第三個回合……一直到第十個回合，仍是旗鼓相當，難分勝負。

「只馬超的一個手下就如此的厲害，那馬超豈不是更加不得了？」樂進一邊用長槍抵擋著錢虎的攻勢，一邊在心裡暗暗想道。

錢虎彎刀一經出手，便如綿綿不絕的驚濤駭浪，加上他的臂力驚人，每揮砍出一刀，力氣便加大一分，並且以快速的攻擊彌補彎刀在防守方面的不足。

兩人逐漸扭打在一起，馬匹在原地打轉，人在馬背上吃力的應戰，各自都使出畢生所學，招招都是殺招，險象環生。

「刷！刷！刷！」錢虎快速地揮砍出三刀，分別砍向樂進的頭顱、胸肺、腹部，一招三式，一氣呵成。

「噹噹噹！」樂進也非庸手，手中長槍耍得得心應手，看到錢虎招式陡然變得急促起來，立刻進行遮擋，完全擋住了錢虎的攻勢。

「樂進不愧是魏國名將，防守居然如此嚴密，簡直可以稱得上是滴水不漏。」錢虎一番攻勢未能將樂進砍傷，心中讚道。

沒有冷箭，沒有冷槍，只有兩人的單打獨鬥，不管是魏軍還是馬超的部下，都專注著戰圈中的樂進和錢虎，誰也不會在沒有分出勝負時出手。

十幾聲兵器碰撞聲後，錢虎和樂進相戰不下，在一旁看著的馬超，眉頭卻是緊皺著，催促道：「錢虎，別磨蹭了，趕緊結果了樂進，好走人。」

「遵命！」錢虎聽到馬超的叫喚，彎刀招式再變，攻勢也變得快速起來，圍觀的人只能看見寒光不斷地在樂進周圍閃動，卻看不見彎刀的實體在何處，像是有十數把彎刀同時攻向了樂進一樣。

樂進見錢虎的攻勢驟然變得迅猛，不禁吃了一驚，只見無數刀光向自己撲來，他的槍法雖然精湛，然而近距離內，長槍的優勢很難發揮出來，懊惱之下，樂進騰出一隻手，抽出腰中長劍，用一道劍網罩住自己的周身，長槍隨機應變，向前猛然刺出。

「噹！」一聲巨響在樂進耳邊響起，左手的長槍遭到一股巨大的蠻力，手掌經受不住，虎口被震得發麻，長槍瞬間脫落，掉在了地上。

樂進大驚，只見面前寒光一閃，長劍慌忙去遮擋，哪知刀光瞬間消失，錢虎

手中的彎刀從右側平削了過來。

「啊……」血花四濺，慘叫聲起，樂進的右邊臉頰上頓時出現一道血印，鮮血染紅了整張臉。

馬超臉上露出笑容，朝部下喊道：「全部誅殺，一個不留，殺完走人……」

「嗖！」馬超的話還沒說完，只聽背後有箭矢破空的聲音，他心中一驚，急忙俯身在馬背上，但見一支箭矢從頭頂上飛過，只電光石火的一瞬間，他差點喪生在那支箭矢之下。

「啊……」箭矢沒有停留，射進馬超一名部下的身體裡，那人被一箭穿喉，登時喪命。

「休要走了敵將！」

輪氏縣城外，曹洪挽著一張大弓，策馬急速奔馳而來，身後五百名虎豹騎緊緊跟隨，滾雷般的馬蹄聲驟然奔至。

馬超背過頭，赫然看見輪氏縣城外奔來大批騎兵，為首一人是曹洪，帶領的是魏國的精銳騎兵虎豹騎，便當機立斷喊道：「撤！全軍撤退！」

樂進臉上一經受傷，頓時處在了劣勢之中，但是面對錢虎的攻勢，他遮擋的還算嚴密，用劍網罩住自己全身，任錢虎攻勢再怎麼猛，也攻不破他的劍網。

他在魏軍的將領中，素以防守著稱，武力並非一流，但是說起防守來，絕對是一流中的一流，是以錢虎雖然傷了他一刀，卻無法將他立刻撲殺。

錢虎正在全力迎戰樂進，忽然聽到馬超的喊聲，抬頭看見曹洪帶兵殺來，二話不說，當即棄下樂進，轉身朝城中跑了進去。

馬超策馬狂奔，見樂進未死，從腰中抽出一柄彎刀，直接朝樂進的後心擲去。

樂進見錢虎走人，剛鬆了口氣，忽然感覺到背後一股凌厲的力道朝自己逼來，他急忙扭頭，只見寒光一閃，鋒利的刀鋒朝自己飛來。大驚之下，立刻用長劍遮擋，「噹」的一聲響，彎刀的力道被減弱了，刀鋒偏離了原來的軌道，從樂進的左臂擦了過去，一道血紅的口子立現。

馬超見樂進又躲過一劫，舉起長槍便向樂進殺了過去，可是馬匹剛奔馳兩步遠，樂進的部下一擁而上，頓時擋住了馬超的去路，另外有兩個人護衛著樂進退到城門邊，圍成了一個不透風的人牆。

「敵將休走，吃我曹洪一箭！」曹洪見馬超要走，再次搭起了箭矢，拉滿弓箭，將箭射了出去。

馬超感到背後箭矢飛了過來，便隨即放棄了殺樂進的念頭，單手撐著馬鞍，身體在馬背上來了一個一百八十度的迴旋，亮銀槍直接撥開曹洪射來的箭矢，怒

視著曹洪，放聲大笑道：「曹洪！下次再見，本王必會取下你的狗頭，這次給你留下一個紀念……」

「嗖！」一柄極其細小的飛刀瞬間從馬超的手中飛了出去，朝著曹洪迎面而去。

曹洪大吃一驚，他根本沒有看見馬超是如何出手的，只見一道迅疾的寒光朝自己飛了過來，急忙抽出腰中長劍去遮擋，可是長劍剛提到胸口，寒光便已經逼近面前。

他瞪著驚恐的眼睛，本能地想扭頭躲閃，卻是來不及了，只覺得臉頰上一陣火辣辣的疼，有液體滲了出來，飛刀已然從他臉上擦了過去。

他咬緊牙關，忍住疼痛，見馬超已經帶著部下，沿著城中的主幹道從另一個城門奔馳了出去。

「此人到底是誰，居然有如此能耐？」曹洪不敢再追，生怕對方是誘敵深入，喝令部下停下。

曹洪翻身下馬，擦拭了臉上的血痕，走到受傷的樂進面前，問道：「文謙，你沒事吧？」

「皮外之傷，無甚大礙，若非曹將軍及時趕到，只怕我命休矣！多謝曹將軍的救命之恩……」

「文謙不必如此，此人到底是誰，居然如此厲害？」曹洪問道。

樂進道：「秦王馬超！」

「馬超？涼王馬騰的兒子？」曹洪詫異地道。

樂進點點頭道：「曹將軍，馬超兵少，只有一百騎兵，現在還剩下六七十騎，請曹將軍火速追擊，必然能夠將其生擒！」

曹洪聽了，頓時打消顧忌，二話不說，急忙翻身上馬，朝自己帶來的五百名虎豹騎喊道：「留下一百人照顧樂將軍，其餘人全部跟我走！」

馬超帶著錢虎和七十精騎馳出輪氏縣城，朝軒轅關而去。

向前奔馳了不到五里，錢虎便道：「主人，我們人數太少，應該迅速離開魏國，否則會被魏軍團團圍住。」

馬超點點頭道：「到軒轅關外的陳家莊，換上魏軍服飾，從軒轅關走！等回到了函谷關，本王一定要親自率領大軍直撲魏國，給死去的兄弟們報仇！」

「報仇！報仇！報仇！」馬超的部下一起喊道。

馬超在前面馬不停蹄的前進，騎兵都騎著耐力極強的西涼馬，奔跑如風，很

快便奔出了輪氏縣境內。

曹洪帶著四百虎豹騎沿著馬超一路上留下的馬蹄印追逐，然而座下馬匹的耐力不甚強，越追反而差距越大，苦苦的追逐了一天之後，在日落西山時，馬匹再也扛不住了，不少馬都累倒在路邊。

「將軍！馬超的部下騎的都是上等的西涼馬，耐力極強，再這樣追下去，只怕會……」

「全軍原地休息！」曹洪當即下令道：「聯絡附近的斥候，讓他們奔赴軒轅關，告知守將，沒有本將的命令，莫要放過任何一個人。」

「諾！」

馬超帶著錢虎以及七十精騎，喬裝打扮了一番，變身為一支精銳的虎豹騎，奔馳到軒轅關下。

「快快打開關門，我家將軍奉命出關！」錢虎來到軒轅關的城門下，用中原人的口音喊道。

軒轅關上，守兵看到關下的虎豹騎，不敢有絲毫怠慢，立刻去彙報守將。

軒轅關守將是樂進，此時樂進尚在輪氏縣城，留下副將雷薄鎮守關隘。雷薄原本是袁術部將，曹操攻打宋國時，雷薄、雷緒兄弟抵擋不住魏軍的攻勢，被迫投降。投降後，雷薄、雷緒被調撥給樂進當部將，一直駐守在軒轅關。

關城裡，雷薄、雷緒正在對坐飲酒。

「報——」

「何事如此慌張？」雷薄端起酒，咕咚一飲而盡，問。

士兵道：「有虎豹騎在關外，說是奉命出關，請二位將軍定奪。」

「虎豹騎？」

雷緒有些意外，他深知虎豹騎的厲害，當年曹操攻打袁術的時候，他和雷薄率軍抵擋曹操，就是吃了虎豹騎的虧，最後被圍，被迫投降了曹操。

「虎豹騎乃我軍精銳，率領虎豹騎的都是大王親族，既然是虎豹騎來了，那麼率領虎豹騎的人定然是大王親族，我們必須親自前去迎接。」雷薄道。

「嗯，大哥說的不錯，如今我們的身分是降將，在魏國地位低下，任何人都不能得罪啊……」雷緒無奈地道：「大哥，出城看看吧！」

雷薄放下酒杯，整理了下戎裝，然後和雷緒全身披掛，來到關城的城牆上。

兩個人看了眼關下，見關下有七十二騎，為首一人銀盔銀甲，面目俊朗白淨，二人對視一眼，都有點困惑，因為這個人他們從未見過。

「喂，看到本公子還不速速滾下關來？」馬超見守將雷薄、雷緒出現在城牆上，立即叫囂道。

軒轅關上，雷薄皺起眉頭，對雷緒道：「此人自稱公子，難不成是大王的公子？」

「極有可能，虎豹騎的諸位將領我們都見過，曹洪、曹純、曹休都是我軍大將，聽聞大王的大公子曹昂最近也被納入了虎豹騎，擔任屯長，莫非此人便是大公子曹昂？」雷緒猜測道。

雷薄道：「不管是誰，我們都不能怠慢，畢竟都是大王親族。」

「大哥，下關吧，迎接大公子。」

「嗯！」

雷薄、雷緒兩人商量已定，便命人打開關門，兩人走到關門前，親自迎接馬超。

「末將雷薄、雷緒，見過大公子！」雷薄、雷緒道。

馬超秘密潛入魏國，早就將魏國瞭解的很清楚，所以此次他冒充曹操的長子曹昂，讓部下冒充虎豹騎，早在他的計畫之中。

「二位將軍免禮，我奉父王之命，出關去洛陽舊都，還請二位將軍行個方便。」

馬超本來就趾高氣揚，此時作風更加的強勢，將一個大公子的模樣演繹的惟妙惟肖。

雷緒問道：「不知道大公子可有出關的權杖……」

雷薄急忙拉住雷緒的手，一臉笑意地對馬超道：「大公子遠道而來，不如在關內休息一兩天，再行出關不遲，末將等也好款待大公子一番。」

「不用了，小小的軒轅關有什麼好待的？都給本公子閃開，本公子要出關。」馬超的強大氣場，給人一種不可抗拒的威力。

「諾！」雷薄主動拉著雷緒，讓開道路，對部下道：「都閃開，恭送大公子出關。」

軒轅關的守兵都是雷薄、雷緒的舊部，聽到雷薄的話，立刻讓開了道路。

馬超理都不理會雷薄、雷緒，揚起馬鞭，一鞭子抽在雷薄的盔甲上，呵斥道：「算你們識相，一會兒曹洪便會跟過來，我和曹洪叔父在玩耍，他要和我爭功，要是曹洪問起來，你們就說沒有見過本王，明白了嗎？」

雷薄、雷緒道：「諾，末將明白。」

話音一落，馬超便帶著錢虎馬不停蹄的走了。

雷緒見馬超走了，便問道：「大哥，剛才我向大公子要出關權杖，大哥為什麼攔著我？」

「胡鬧，你明明知道他是大公子，還要什麼權杖？曹家的人，我們一個都得罪不起，惹怒了大公子，你我都吃不了兜著走。」

雷緒「哦」了一聲，說道：「還是大哥聰明，不過沒想到大公子如此的神勇，跟大王簡直判若兩人。」

「額……你不說我倒是沒發現，你這麼一說，我倒是真的發現了一絲異常，大王相貌猥瑣，大公子的相貌卻極為神俊，莫不是大公子不是大王親生，是……」

「嘿嘿，大哥，這事極有可能。曹操好色，說不定曹昂是別人給他戴的綠帽子……」

「噓……」雷薄看了看左右，緊張道：「小聲點，這件事不能聲張，萬一傳到大王的耳朵裡，那你我的性命都難保！」

「大哥說的極對……」

「雷薄、雷緒接令！」一匹快馬馱著一個斥候奔來。

雷薄、雷緒見到斥候身上戴著虎豹騎的腰牌，不敢怠慢，立刻道：「雷薄、雷緒聽令！」

「曹洪將軍有令，命汝等二人緊守軒轅關，沒有曹將軍的命令，任何人不得出關，違令者，定斬不赦！」

雷薄、雷緒面面相覷，額頭上嚇出了冷汗，心中想道：「可千萬不能讓曹洪知道大公子已經過去了啊……」

斥候傳完命令後，便立刻奔馳而去。

雷薄、雷緒見斥候走了，都鬆了口氣，急忙對身後的部下說道：「誰要是說大公子從這裡過去了，定斬不赦！」

「諾！」

第六章

醫聖張機

「張機？」高飛狐疑地道。

那黑衣人點點頭，轉身點燃蠟燭，殘破的土地廟裡，登時出現光亮，雖然微弱，在這樣的黑夜裡卻顯得很明亮。

高飛對張機這個名字並不陌生，因為張機就是歷史上赫赫有名的「醫聖」張仲景。

陽翟城外三十里處，高飛、甘寧、甄宓等一行人沿著潁水北進，一路上暢通無阻，同時也在不斷打探著周圍的消息，得知那支神秘隊伍在魏國境內燒殺搶掠，肆意妄為之後，都沒有說話。

一行人再次因為疲勞而停留在潁水邊，高飛把甘寧叫到身邊，叮囑道：「此處離陽翟城很近，陽翟城是潁川的郡城，越是靠近陽翟城，越要多加小心，徐庶並非一般人，如果引起他懷疑，只怕很難走脫。」

「主人的意思是……」甘寧俯身道。

「徐庶見過我，必須喬裝一番，你去弄些衣服來。」

「諾。」

甘寧從甄府的隨從行李裡找來衣物，讓高飛穿上。高飛又剪下幾縷頭髮，弄成鬍鬚，黏貼在臉上，儼然成熟許多，還弄了個眼罩，把自己弄成駝背的樣子。

甘寧看著喬裝後的高飛，簡直不敢相信自己的眼睛，根本認不出來是高飛了。

「主人……主人你這是……」

「呵呵，認不出我來了吧？我要的就是這個效果……」

「得得得……」

一匹快馬從前面急速奔馳過來，馬背上馱著一個中年漢子，那漢子穿著打扮十分華貴，看到河邊停著一幫子人，便放慢速度，目光卻在不停打量著隊伍中的每一個人。

當漢子的目光看到甘寧時，便放出一絲光彩，當即翻身下馬，朝甘寧走了過去。

甘寧警覺起來，手按著腰中的鋼刀，下意識的擋在高飛身前。

高飛駝著背，看到那漢子，嘴角便露出微笑，用手扒開甘寧，自言自語道：「終於來了……」

「卞喜見過主人。」漢子走到高飛面前，一眼便認出了高飛，俯身拜道。

高飛也不再駝背了，直起身子，一把拉住卞喜的手，問道：「你來得正是時候，一別兩年，你在魏國可還好嗎？」

卞喜點點頭道：「主人，小的一切都很好，而且好得不得了。近日聽聞主人去了吳國，便托人打探消息，派親信去海上攔截商船，才知道主人的行跡。恰巧這幾日潁川遭受不明攻擊，我以為是主人，便從昌邑一路趕了過來……」

「你就是卞喜？」

甘寧沒有見過卞喜，此時見卞喜穿著華貴，滿臉紅光，看似極其富有之人，光是手上戴著的玉扳指便值不少錢，不禁問道。

卞喜笑道：「甘將軍不認識我，我卻認識甘將軍，一路上有勞甘將軍照顧主人，辛苦了。」

「保護主人是我的職責！」甘寧驕傲地說道。

高飛道：「此處並非閒聊之處，不知道你可有什麼下榻的地方嗎？」

「當然，主人請跟我走，咱們去陽翟城休息。」

「陽翟城？那不是郡城嗎？你難道要讓主人身陷困境嗎？」甘寧質疑道。

高飛對卞喜十分信任，毫不猶豫地道：「卞喜不會害我，**最危險的地方，就是最安全的地方**，我們就去陽翟城走一遭。」

卞喜聽後，十分的感動，當即對高飛道：「多謝主人的信任！」

卞喜帶著高飛一行人來到陽翟城，守城的將士見到卞喜，都畢恭畢敬地朝卞喜叩拜，不敢阻攔，直接放高飛一行人進城。

進城後，卞喜將眾人安排在陽翟城北側的一個大莊院裡，算是有了一個落腳的地方。

大廳裡，高飛、甘寧、卞喜齊聚一堂，甄宓等人則因車馬勞頓，早早便休息了。

樹影在地氈上移動，大宣爐裡一爐好香的煙氣，嫋嫋不斷上升。中堂掛著的一幅墨龍，張牙舞爪的像要飛舞下來。西壁是一幅山水畫，細膩的筆觸直欲凸出絹面來，令人讚嘆。

高飛打量著大廳別具匠心的裝修，不禁豎起大拇指，讚道：「你這可真舒適啊，看來你在魏國過的很是不錯啊。」

卞喜嘿嘿地乾笑兩聲，道：「主人，這也是機緣巧合，在魏國，屬下不叫卞喜，叫卞幽，目前是魏國的摸金校尉。」

甘寧聽後，不解地道：「摸金校尉是個什麼職務？」

高飛解釋道：「摸金校尉，就是專門盜墓的。」

摸金校尉是古代軍官職稱，最早是曹操所設，通俗地說，就是國家盜墓辦公室主任，專門發掘墳墓盜取財物以充軍餉，後多指盜墓者。

摸金校尉們幹活，每個人都佩戴著用穿山甲的爪子做成的護身符，凡是掘開大墓，在墓室地宮裡都要點上一支蠟燭，放在東南角方位，然後開棺摸金，死者最值錢的東西，往往都在身上帶著，一些王侯以上的墓主，都是口中含珠，身覆金玉，胸前還有護心玉，手中抓有玉如意，甚至連肛門裡都塞著寶石。

這時候動手，不能損壞死者的遺骸，輕手輕腳的從頭頂摸至腳底，最後必給死者留下一兩樣寶物，如果蠟燭熄滅了，就必須把拿到手的財物原樣放回，恭恭敬敬的磕三個頭，按原路退回去。

這樣做的科學道理是防止墓裡含氧量不足，蠟燭熄滅後退出墓穴，則是確保盜墓人不會因此中毒。

傳說有些墓裡是有鬼的，至於這些鬼為什麼不入輪迴，千百年一直留在墓穴內，那就不好說了，很可能是他們捨不得生前的榮華富貴，死後還天天盯著自己的財寶，碰上這種捨命不捨財的主，也就別硬搶他的東西了。

「盜墓？卞兄怎麼幹這種勾當？難不成是曹操他……」甘寧狐疑地道。

「不錯，此官確實是曹操所設立的，目前由我擔任，而且我還有另外一個身分，那就是曹操的大舅子。」卞喜道。

此話一出，高飛、甘寧都為之震驚不已，出聲道：「你是曹操的大舅子？」

卞喜點點頭，看著高飛、甘寧驚奇的樣子，道：「我說的是真的，這事還得從頭說起……」

原來，卞喜在兩年前被高飛秘密派到魏國做情報收集工作，機緣巧合救下了一位女子，那女子居然和他同姓，叫卞玲瓏。

卞玲瓏出身倡家，即漢代專門從事音樂歌舞的樂人家庭（後唐代演變成娼妓的代名詞，但漢代只是指藝人）出身的女子，因受戰亂，父母雙亡，便流落江湖，本想找個棲息之所，哪知道遇到了山賊。當時卞喜經過那裡，便打跑山賊，救下了卞玲瓏。

卞喜見卞玲瓏頗有姿色，便收留了卞玲瓏，帶著卞玲瓏到昌邑。後來他聽說曹操的正妻丁氏不能生育，便生出一計，將卞玲瓏主動送給曹操，曹操對她一見鍾情，便納卞玲瓏為妾。卞玲瓏感激卞喜的救命之恩，便認其為兄長，從此跟隨在曹操身邊。

為了不引起曹操的警覺，卞喜便說自己叫卞幽，又說卞喜是他堂兄，長得像很正常，加上卞玲瓏吹枕邊風，曹操也逐漸消除了對卞喜的懷疑。

卞喜知道曹操多疑，為了徹底打消曹操對自己的疑心，便重新幹起偷盜的勾當，將大把大把的金子送給曹操。

當時曹操正和宋軍開戰，缺少錢糧，卞喜這些金子就如同雪中送炭一樣，給了曹操很大的幫助，曹操乾脆任命卞喜為摸金校尉，專門去魏國各地內挖掘陵墓，卞喜也自然而然的成了曹操值得信賴的大舅子。

當卞喜講述完他在魏國的經歷後，高飛、甘寧都覺得很不可思議，沒想到卞喜會有這番奇遇。

「小隱隱於野，中隱隱於市，大隱隱於朝。看來你是個大隱士啊，居然能取得曹操的信任，這麼說來，你在魏國過的肯定如魚得水了？」高飛道。

卞喜也不隱瞞，道：「確實是如此，對主人交代的任務，就更容易完成了，雖然我只是個摸金校尉，但是對魏國的錢糧很熟悉，正所謂兵馬未動糧草先行，一旦糧草有什麼調動，我都能第一個知道。」

「那你現在情報工作收集的如何了？」高飛問。

卞喜嘿嘿笑道：「不瞞主人說，這兩年為了給曹操斂財，我四處帶著人去盜墓，走遍了魏國的山山水水，便將之繪製成一幅地圖，魏國的人口分布、兵力分布以及錢糧的屯放地點，我都一一的畫在圖上，以供主人日後參考。除此之外，屬下還在魏國安插了秘密聯絡機構，負責情報的收集。如今網已經撒開，就看主人想什麼時候收網了。」

高飛對卞喜出色的完成任務很是讚賞，但是也有些擔心，道：「難道你就沒有遇到什麼危險？」

卞喜道：「暫時沒有，或許是因為我身分特殊的原因，魏國有不少大臣還來巴結我呢。」

「嗯，這個比秘密的在魏國當地下黨要強多了，雖然忙點，但是你的頭上罩著金環，絕對暢通無阻。」高飛笑道。

「屬下這兩年一直在期盼主人到來，想將這邊的情報全部稟告給主人，如今皇天不負有心人，終於讓我見到主人了。」卞喜高興地道。

隨後，卞喜便向高飛說起這兩年魏國的實際情況，將自己所知道的重要情報全部告知了高飛，三人一直聊到深夜。

夜深了，高飛打了個哈欠，對卞喜道：「不早了，休息吧。」

卞喜便送高飛到客房休息，甘寧則守在高飛的房外。

等卞喜走了以後，高飛將甘寧叫進屋子裡，道：「剛才你發現有什麼可疑之處沒？」

甘寧搖搖頭道：「沒有，主人，是不是出什麼事了？」

高飛懷疑道：「卞喜對答如流，無絲毫支吾，難道你不覺得有什麼蹊蹺？」

甘寧聽了高飛的話，認真地想了想，道：「確實有點蹊蹺，卞喜回答問題都很順，像是提前背好的一樣……」

「這就是關鍵所在，曹操一生多疑，從來不輕易相信任何人，設立的摸金校尉地位低下，卞喜就算是曹操的大舅子，也未必能夠得到曹操信任。另外，這間莊院並非一般人家能負擔的起的……」

「主人是說，**卞喜有問題？**」甘寧問。

高飛點點頭道：「卞喜要小心對付……」

卞喜從高飛的房間裡出來後，走到自己的房間。

房間裡，一個黑衣人悄無聲息地站在黑暗的角落裡，看到卞喜來了，問道：「事情完成的怎麼樣？」

卞喜點點頭道：「我已經照你的意思去辦了……」

「那就好，下一步你知道該怎麼做了吧？」黑衣人道。

卞喜道：「放心，我已經了然於胸。」

黑衣人冷笑一聲，道：「如果你敢耍花招，後果你知道，最好放聰明點，儘量把高飛逼到黃河岸口，剩下的事，就用不著你去做了。」

「諾，多謝大人的教誨。」卞喜道。

黑衣人擺擺手，示意卞喜出去，他自己則等候在這裡。

卞喜出了房間，眉頭也皺了起來，心中暗想道：「主人一向聰明，希望這次也能看破……」

他在想，該用什麼樣的方法引起高飛的注意，然後讓高飛安全的離開這裡。

深夜，清冷的月光灑在陽翟城北側的一個莊院裡，高飛斜倚在房廊下，抬頭望著夜空，心中卻很惆悵。

卞喜讓他覺得很可疑，可是他不相信卞喜會出賣自己，從平定黃巾時，他對卞喜就一直很器重，幾年下來，培養了相當深厚的感情。

高飛的心裡很清楚，卞喜並不愛財，也不愛權，喜歡無拘無束的生活，正因為如此，他才在兩年前派卞喜深入魏國境內，伺機而動，替他收集情報。

如今，兩年過去了，和卞喜重新相見，高飛卻感到他有一點生疏，並且隱隱覺得有點不祥。

從卞喜的口中，高飛得知那支神秘部隊的情況，心中更加疑惑了，對於為什麼馬超會進入魏國境內，又為何進行如此大的動作，以及馬超即將展開什麼樣的行動，都讓他心生疑惑。

涼風習習，吹散了高飛凌亂的頭髮，穿著單薄衣衫的他，頓時感到一絲透骨的涼意。

高飛映著微弱的燈火，打開卞喜送來的地圖，攤在桌上，準備研究地圖上兵力分布的真偽。偌大的魏國地圖打開之後，讓高飛一目了然，兵力的分布情況和他私下調查的差不多。

高飛順著地圖上的圈點看了一邊，忽然發現兵力分布圖上有些異樣，他順著圖上的記號，竟發現上面有兩個很像「危險」的字樣。

他不禁暗暗想道：「**看來卞喜並沒有背叛我，而是在提醒我**，可是……為什麼他會這樣做呢？難不成是有什麼苦衷？」

高飛想不通，也猜不透，只能當著卞喜的面才能問清楚了。

「噗！」一把飛刀破窗而入，直接插進屋裡的柱子上，一個身影也在窗外一閃而過。

「誰？」

高飛警覺起來，一個箭步跳出窗戶，在屋外的空地上翻滾了一下，站起身子時，發現外面空無一人，除了無邊寂寞的黑夜，只有那微弱閃亮的星光。

院裡異常的寂靜，高飛站在風中，環視著周圍，卻未發現有可疑的地方。無奈之下，只能走回房間，卻見飛刀的刀刃上帶著一封信。

他拔下飛刀，取下那封信，打開來，見上面寫道：

「丑時三刻，請到城中朱雀大街土地廟一敘……」

沒有稱謂，沒有落款，只有簡簡單單的一行字，讓高飛有點丈二和尚摸不到頭腦。

高飛放下信，回想了下剛才的事，暗暗想道：「此人身輕如燕，飄忽不定，倒是和卞喜沒什麼兩樣。可是為什麼卞喜要用這樣的方式來約我見面呢？到底他有什麼不可告人的秘密？」

「主人……」

高飛聽到門外有人喊，知道是甘寧，問道：「什麼事？」

「主人沒事吧？剛才屬下聽見主人這邊有動靜，所以過來看看……」

「進來吧。」

甘寧推門而入，見高飛坐在床邊，眉頭緊皺，問道：「主人，這麼晚了，怎麼還不休息？」

「你來得正好，你看看這個……」高飛將手中的信遞給甘寧。

甘寧就睡在高飛隔壁的房間裡，本來他是要守夜的，可是高飛覺得這幾天甘寧太累了，便讓甘寧去休息。甘寧睡到剛才，聽到高飛這邊有動靜，急忙起來，深怕高飛有什麼危險。

他迅速地流覽了信後，道：「主人，這是誰發的？」

「應該是卞喜。」

「卞喜？他用得著這樣神秘嗎？主人，我們去看看吧。」甘寧藝高人膽大，想看看這到底是怎麼回事。

高飛道：「既來之，則安之。我相信卞喜不會背叛我的，或許他這樣做，有不得已的苦衷。這樣吧，你跟在我的身後，我們一起去看看，但是要保持一定的距離，不能讓人知道你尾隨在我後面。」

「屬下明白。」甘寧道。

二人商議既定，各自準備了一番，高飛貼身穿著護心鏡，外面罩著一件勁裝，準備了一把匕首，放在他的靴子裡。甘寧則在腰中懸著四把長刀，背後背著弓箭，也是全副武裝。

準備完畢，高飛先行離開，為了不引起別人的懷疑，他翻牆出去，甘寧則緊隨在高飛的身後，卻和高飛刻意的保持著距離，只要高飛不離開他的視線即可，兩個人就這樣一前一後的朝著朱雀大街走了過去。

陽翟城的朱雀大街盡頭，一座殘破的土地廟矗立在那裡，卞喜和一個身穿黑衣，蒙著臉的人站在那裡。

夜風吹拂著黑衣人的衣擺，呼呼作響，黑衣人的一雙深邃的眸子裡，散發出熾熱的目光，掃視著正前方的道路。

「你答應過我的，絕對不傷害我的主人，我這才照你說的去做，你……你可不能食言啊，否則，我就算拼了這條性命，也要讓我的主人安全離開。」卞喜心中惴惴不安，擔心地說道。

黑衣人微微地點點頭道：「你放心，我說過的話，絕對不會食言，你已經按照我的吩咐去做了，自然就該相信我。」

「我是相信你，否則我也不會這樣做。」

「你相信我就好，如果不是我，你根本做不到摸金校尉這個位置，如果不是我，你也不可能在魏國如魚得水，你好好的想一想，覺得我說的對不對？」

「我很感激你幫助我的一切，但是這次你的做法讓我很疑惑，我實在不明白，你這樣做的目的到底是為了什麼？」

黑衣人乾笑了兩聲，聲音中夾著一絲淒厲，像鬼一樣的哭泣，讓人聽了渾身不自在。

卞喜聽到這笑聲，只覺得毛骨悚然。他剛來魏國的時候，遇到了危險，為了逃命，他慌不擇路，一不小心跌落到山谷中，全身摔得骨頭斷裂，在奄奄一息的時候，是這個黑衣人救了他……

往事一點一點的襲上心頭，卞喜心中盡是滄桑，在浮華的背後，他也藏著一個不為人知的秘密。

朱雀大街上，一個人影晃動，緩緩地朝土地廟走了過去。

「我的主人來了。」卞喜一眼便認出那個熟悉的身影，對黑衣人道。

黑衣人點點頭道：「今夜總算能夠見到天下聞名的燕王了……卞喜，你去將燕王請進廟裡，你和跟在燕王身後的那個人一起守在廟門口。」

卞喜極目四望，只看到一片黑暗，除了高飛，再也看不到任何人，問道：「主人身後還有人跟著？」

黑衣人笑了笑，道：「你別忘了，我的鼻子可是天下最靈的，在燕王身後的必定是一個壯漢，我能聞到他身上的汗臭味。」

卞喜對黑衣人的能力沒有一點懷疑，既然黑衣人說有人跟著，那就一定錯不了。於是，他向前走了幾步去迎接高飛，同時猜測地喊道：「甘將軍，出來吧，別藏了。」

高飛、甘寧二人聽後，都有一點詫異，沒想到會被卞喜給當眾戳破。

「興霸，出來吧，既然對方已經發現了你的行蹤，再藏下去也於事無補了。」高飛轉身對一個黑暗的角落裡喊道。

甘寧十分不爽地走了出來，他臉上露出猙獰，惡狠狠地看著卞喜。

「你的本事沒想到那麼大……甘寧真是佩服得五體投地……」

卞喜苦笑了一下，朝高飛拜道：「大王，抱歉用這種方式見面，有人想見大王，也只能出此下策了。」

高飛抬起眼皮，看著土地廟道：「是不是土地廟裡有人在等著我？」

「大王聰慧，一猜便著，但請大王放寬心，今夜沒有危險，那個人已經答應過我了，不會謀害大王的，而且，如果要謀害的話，在大王進入莊院的時候，大王就早已死去了。」

「哦？那我倒是要見見這個人到底是誰，居然能夠殺人於無形。」高飛好奇地道。

「大王，裡面請。」卞喜躬身做了個請的手勢。

高飛走進土地廟，甘寧也跟了過去，卻被卞喜阻止了。

「只大王一人可以進去，你若不想害死大王，就和我一起留在外面護衛。」

卞喜義正言辭的道。

「你這是什麼邏輯，我是進去保護大王的，不是要害大王，給我閃開！」

「甘寧！你留在外面吧，我一人進去即可。」

話音一落，高飛便獨自一人走進土地廟，剛邁步進去，除了黑暗，什麼都看不到。

「張機見過燕王。」

黑衣人突然悄無聲息的出現在高飛的面前，除了那雙泛著光芒的眼睛外，其餘都是黑的，彷彿是籠罩在夜色下的孤魂一般，就連聲音聽起來也很淒厲。

「張機？」

高飛聽到那個身著黑衣而且蒙著臉的人陰陽怪氣的話，狐疑地問道。

那黑衣人點點頭，轉身走到一個香燭的盞台前，點燃蠟燭，殘破的土地廟裡，登時出現光亮，雖然微弱，在這樣的黑夜裡卻顯得很明亮。

高飛對張機這個名字並不陌生，因為**張機就是歷史上赫赫有名的「醫聖」張仲景**。

此時，高飛盯著面前的黑衣人看了又看，怎麼看怎麼覺得這人和歷史上赫赫有名的醫聖有著極大的差別。

「你是在懷疑我不是張機嗎？」張機轉過身子，看著高飛道。

高飛老實道：「久聞**張機懸壺濟世，乃當世之神醫**，但是聽你的談吐，怎麼和張神醫沾不上邊啊。」

張機也不怪高飛，緩緩地揭去了臉上蒙著的黑色面紗，露出了本來的面目。一張皺巴巴的臉龐，像是被鬼給擰成了一團一樣，其貌不揚，眼窩深陷，面色暗綠，嘴唇發紫，咧嘴露出了黃燦燦的一口牙齒……

高飛看了，頓時有種想吐的感覺，好在他強忍著，才沒有吐出來。同時，他還聞到張機嘴裡散發出來的一股極其強烈的味道，那種味道很刺鼻，像是中草藥。

「你究竟是誰，張神醫絕對不會是這副模樣的。」高飛掩鼻說道。

張機道：「在下確實是張機，奈何燕王以貌取人，看來我是看走眼了……」

「等等，你知道我的身分？」

「天下聞名的燕王，誰人不知，誰人不曉？如果我不認識燕王的話，就不會讓下喜把燕王引到這裡來了。」

「那你找我到底有什麼事情？」

「沒什麼事，只是想和燕王見上一面而已……」

高飛再一次打量著張機，雖然不是很欣喜，但是見張機處變不驚，那份鎮定，實在讓他佩服，再次問道：「你真的是張機？」

「如假包換。」

「可是你為什麼是這個樣子？神醫不應該是……」

「唉！」張機嘆了一口氣，說道：「此話說來就長了……」

張機，字仲景，南陽郡人。張仲景在歷史上絕對有著舉足輕重的地位。他廣泛收集醫方，寫出了傳世巨著《傷寒雜病論》，是中醫臨床的基本要冊，也是中醫的靈魂所在。

在方劑學方面，《傷寒雜病論》也做出了巨大貢獻，記載了大量的方劑。是中國第一部從理論到實踐、確立辨證論治法則的醫學專著，是中國醫學史上影響最大的著作之一，更是後學者研習中醫必備的經典著作。

張仲景出生在沒落的官僚家庭，其父張宗漢是個讀書人，在朝廷做官。由於家庭的特殊條件，使他從小有機會接觸到許多典籍。他也篤實好學，博覽群書，並且酷愛醫學。

他從史書上看到扁鵲望診齊桓公的故事，對扁鵲高超的醫術非常欽佩。「余每覽越人人虢之診，望齊侯之色，未嘗不慨然嘆其才秀也。」從此對醫學發生了濃厚的興趣，這也為他後來成為一代名醫奠定了基礎。

當時社會，政治黑暗，朝政腐敗，農民起義此起彼伏，兵禍綿延，到處都是戰亂，黎明百姓飽受戰亂之災，加上疫病流行，很多人死於非命，真是「生靈塗炭，橫屍遍野」，慘不忍睹。而官府衙門不想辦法解救，卻在一味地爭權奪勢，發動戰爭，欺壓百姓。這使張仲景從小就厭惡官場，輕視仕途，憐憫百姓，萌發了學醫救民的願望。

漢桓帝延熹四年（西元一六一年），他十歲左右時，拜同郡醫生張伯祖為師，學習醫術。

張伯祖是當時一位有名的醫家，對醫學刻苦鑽研。每次給病人看病、開方，都十分盡心，深思熟慮。經他治療過的病人，十有八九都能痊癒，很受百姓尊重。

張仲景跟他學醫非常用心，無論是外出診病、抄方抓藥，還是上山採藥，從不怕苦不怕累。張伯祖非常喜歡這個學生，把自己畢生行醫積累的豐富經驗，毫無保留地傳授給他。

比張仲景年長的一個同鄉何顒對他頗為瞭解，曾說：「君用思精而韻不高，後將為良醫。」意思是說張仲景才思過人，善思好學，聰明穩重，但是沒有做官的氣質和風采，不宜做官。只要專心學醫，將來一定能成為有名的醫家。

何顒的話更加堅定了張仲景學醫的信心，從此他學習更加刻苦。博覽醫書，廣泛吸收各醫家的經驗用於臨床診斷，很快便成了一個有名氣的醫生，以至「青

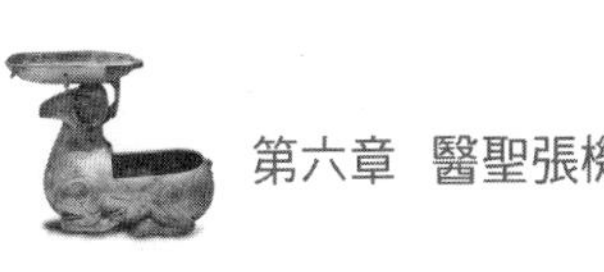

出於藍而勝於藍」，超過了他的老師。當時的人稱讚他「其識用精微過其師」。

古代封建社會，巫術盛行，巫婆和妖道乘勢興起，坑害百姓，騙取錢財。不少貧苦人家有人得病，就請巫婆和妖道降妖捉怪，用符水治病，結果無辜地被病魔奪去了生命，落得人財兩空。

張仲景對這些巫醫、妖道非常痛恨。每次遇到他們裝神弄鬼，誤人性命，他就出面干預，理直氣壯地和他們爭辯，並用醫療實效來駁斥巫術迷信，奉勸人們相信醫術。

東漢末年，連年混戰，「民棄農業」，都市田莊多成荒野，人民顛沛流離，饑寒困頓。各地連續爆發瘟疫，尤其是洛陽、南陽、會稽（紹興）疫情嚴重，「家家有殭屍之痛，室室有號泣之哀」；張仲景的家族也不例外。對這種悲痛的慘景，張仲景目擊心傷。

於是，他免費為人治病，在洛陽、南陽、會稽一帶最有聲望。但是好景不長，兩年前，洛陽附近經歷了第二次中原諸侯大混戰之後，洛陽周圍的百姓大批遷徙，留下了一個空曠的洛陽舊都。

張仲景見沒有人可以醫治，便遁入荒山，專心在山上收集各種草藥，然後像「神農嘗百草」一樣，親自品嘗各種草藥，結果就變成了現在這個樣子。

高飛在破廟裡靜靜地聆聽著張仲景所講的故事，心中暗道：「原來他的經歷，竟是如此的不堪回首……」

「張神醫，請原諒剛才我的冒犯。」高飛急忙道歉。

張仲景釋懷道：「無妨。」

高飛道：「不知道張神醫深夜見我何事？」

張仲景道：「自然是為了天下蒼生……」

「哦？那我倒是要洗耳恭聽了。」

張仲景緩緩說道：「燕王曾經在中原挑起兩次大戰，第一次是討伐董卓時，群雄為了爭奪玉璽而鬥得你死我活。第二次，則是兩年前，燕王不斷製造殺戮，卻不知道如何去收拾殺戮所遺留下來的問題，我此次前來，就是為了告訴燕王預防的辦法。」

「在下洗耳恭聽。」高飛道。

張仲景侃侃說道：「大兵之後必然有大災，一場戰爭下來，死者成千上萬，如何處理這些死者的屍體，儼然成為一個值得關注的問題，不好好處置的話，就會引起瘟疫。」

高飛對張仲景的話很是贊同，說道：「如果神醫不嫌棄的話，不如跟我一起

回燕國，我保證會讓神醫的醫術發揚光大的。」

「燕王的好意我心領了，只是我此時還不能離開魏國，魏國還有許多人需要我的救治，我離開了，他們就會垂死掙扎。」

「神醫虛懷若谷，實在讓我佩服。只是，燕國也需要很多人去救治，如果神醫不去，那麼燕國就會有成千上萬的人死去……」

「有這麼嚴重？」

「就是這麼嚴重，醫者父母心，難道神醫真的願意看著那麼多人喪生嗎？」高飛反問道。

張仲景聽後，眉頭先是皺了一下，隨後舒緩開來，笑道：「只要燕王不發動戰爭，以現在的燕國來看，是不會死那麼多人的。燕王治國有方，短短兩年就將河北穩定了下來，若假以時日，必然能夠問鼎中原，只是不知道到時又有多少人會失去生命。」

高飛了解張仲景是主張反戰的，便道：「戰爭或許很殘酷，但是要想結束戰爭，就必須用更加殘酷的手段，以暴制暴，統一全國。」

張仲景沒有再說什麼，畢竟他不懂兵事，他只懂得醫術。

高飛看了眼土地廟外面的卞喜，對張仲景道：「敢問神醫和卞喜是怎麼認識的，似乎卞喜很聽神醫的話，這是為何？」

「哈哈哈……」張仲景道：「我就知道你會問，其實也沒有什麼，我只不過是救了卞喜一命而已，算是他的救命恩人。不僅如此，**卞喜還是我的藥人……**」

「藥人？什麼是藥人？」高飛不解地道。

「所謂的藥人，就是用來試藥的人。我配製藥方，熬製成湯藥，然後讓藥人喝下去，觀察其臨床病症，方能知道這藥方到底如何。」張仲景道。

高飛心道：「難怪卞喜原來面黃枯瘦，現在看起來卻是紅光滿面，敢情是吃了張仲景的藥才變成這樣的……」

「燕王，此地不宜久留，明天一早，燕王就迅速離開吧，如今陽翟城裡的大將都被派出去了，只剩下太守徐庶一人。最近魏國遭逢罹難，整個潁川郡備受其害，百姓流離失所，徐庶正忙於處理此事，無暇顧及其他，由卞喜帶著燕王，必然能夠安全的將燕王送達黃河邊。」

「你為什麼要幫我？」

張仲景笑道：「**幫燕王一人，就等於在幫天下人**。我雖然不關心政事，但是也不是傻瓜，誰有能力奪取天下，我還是能夠看得出來的。」

高飛沒再說什麼，沉思片刻後，問道：「神醫應該還有什麼請求吧？」

張仲景哈哈笑道：「燕王果然聰慧，我沒有看錯……」說著，張仲景拿出一個小冊子，遞給高飛，道：「我不是什麼聖人，所以，我也有需要的東西。在遼東一帶的山林裡，隱藏著極其豐富的藥材，我需要的，就是這些藥材，如果燕王肯幫忙的話，等我煉出了上等的好藥，必然會重重地答謝燕王。」

高飛看了看張仲景的臉，見張仲景臉上青一塊，紅一塊的，有些地方似乎潰爛的流膿了，便道：「神醫，你的身體和別人不同，莫非是試藥所致？」

張仲景點點頭道：「我學習神農嘗百草，毒藥、解藥都吃過，由於常年與藥為伍，而且一些草藥的藥理融合在一起會產生意想不到的效果，這才導致我的身體逐漸出現潰爛的情況，雖然已經得到控制，但是很難恢復到以前的容貌，怕光、畏寒，只能與這漆黑的夜晚為伍……」

高飛聽後，對張仲景生起了無比的尊敬，如此敬業的神醫還真是少見。

東漢末年到三國這段時間裡，中原一共出現兩位知名的醫生，一位是高飛眼前的張仲景，另外一位則是外科的鼻祖——華佗。

「張仲景我是見到了，卻不知道華佗此時又在什麼地方？以後有機會，一定要見上一見。」高飛在心裡暗暗想道。

高飛打開張仲景開的藥材單子，赫然看見幾樣名貴的藥材，比如人參、鹿茸等，但是他也能理解張仲景這樣做的苦衷，畢竟人參、鹿茸等在東北的長白山裡確實不少，中原之地卻很少有這樣的藥材。

合上了單子，高飛塞進衣服，拱手道：「請神醫放心，這些藥材，我會找人送到神醫這裡的。」

「如此，我就放心了……」

張仲景取出腰間懸掛著的一個布袋，從布袋裡拿出兩個小葫蘆，遞給高飛，道：「燕王，這是我送給燕王的禮物，還望燕王務必收下。」

高飛接過那兩個小葫蘆，感覺入手沉甸甸的，好奇問道：「這裡面裝的是什麼？」

「八味地黃丸。」張仲景道。

「八味地黃丸？不應該是六味地黃丸嗎？為何是八味？」

「確實是八味地黃丸，是由熟地黃、山茱萸、山藥、澤瀉、丹皮、茯苓、附子和桂枝八味藥材煉製而成，因其以熟地黃為君藥，故名八味地黃丸。」張仲景解釋道。

高飛對六味地黃丸並不陌生，這是傳承千年的名藥，是補腎名方。其稱謂來自《小兒藥證直訣》，最早是「八味地黃丸」，見於張仲景所寫的《金匱

要略》。

後來，宋代名醫、兒科專家錢乙把八味地黃丸裡面的附子和桂枝這種溫補的藥物去掉，變成了現在的六味地黃丸，用它來治療小兒先天不足，發育遲緩等病症。

後來，明代中醫有一派非常推崇「腎」的作用，認為腎是人的「先天之本」，一時間，很多名醫宣導補腎，比如明代名醫薛己最善補腎，他就主張腎陰虛用六味地黃丸，腎陽虛用八味地黃丸。

高飛之所以對六味地黃丸如此瞭解，是因為他在前世吃過，並且對六味地黃丸的來歷做了一番調查。

「我觀燕王神疲乏力、精神不振，不知道燕王最近是否感覺到有腰膝酸痛、腰背冷痛、筋骨萎軟；小便清長、餘瀝不盡、尿少或夜尿頻多；聽力下降或耳鳴，記憶力減退、嗜睡、多夢等症狀？」張仲景仔細觀看著高飛，問道。

高飛覺得自己在張仲景的面前像是脫光了衣服一樣，他最近確實有張仲景所說的小便清長、夜尿頻多、嗜睡、多夢的症狀，不敢置信地道：「神醫，你說我是腎虛？這怎麼可能？我身體很強壯的……」

「腎虛和身體的健壯無關，我送給燕王這兩小葫蘆的八味地黃丸，正是醫治燕王病症的良藥，只要堅持著吃下去，就會有好轉。」

高飛此時覺得中醫真的很厲害，張仲景只看了他一眼，就能知道他是腎虛。同時，他也覺得張仲景說的頗有道理，自從娶了三個老婆之後，他就感覺到體力有點不如從前了。

他越想越害怕，心中不安地想道：「我不是縱欲過度了吧？」

「燕王體格健壯，如果配以我所給的八味地黃丸，相信用不了多久就會恢復過來，但是切記勿縱欲過度，不然，只會增加燕王身體的壓力，使得燕王未老先衰……」張仲景彷彿知道高飛在想什麼。

「記下了，我會好好調理的，但是神醫能不能多給一點八味地黃丸，我怕不夠吃。」

張仲景怔了一下，道：「燕王切記不可多吃，這八味地黃丸的藥性很強，兩日一粒即可，吃多了反而會適得其反。再說，燕王正當壯年，出現這種情況也很正常，只要調養些日子即可，這兩葫蘆的八味地黃丸，足夠燕王恢復健康。」

高飛收下兩個小葫蘆，抱拳道：「神醫，我有個不情之請，不知道神醫能否答應？」

「燕王儘管說，我要先看是什麼事。」

「等神醫了卻了在魏國的事，能否到燕國走一趟？以神醫的醫術，相信能夠為燕國帶來無比的榮耀，我也會讓神醫當燕國的大國醫，並且為神醫設立一個醫學院，專門負責教授弟子，好將神醫的畢生所學發揚光大……」

張仲景聽了，確實有些心動。這麼多年來，他之所以雲遊四方，是因為無論他走到哪裡，都沒有人肯定他，由於他親自試藥、煉藥，將自己的身體給拖垮了，弄得人不人鬼不鬼的樣子，晝伏夜出，大多百姓見了都避之唯恐不及，哪裡還有人甘願跟著他?!

他微微地點了點頭，道：「燕王盛情邀請，仲景如果再推脫的話，那就太不識時務了，我答應燕王，等魏國的事情一結束，我就會到燕國去，希望到時候燕王的身體已經康復了。」

高飛笑道：「如此最好。」

兩人又在土地廟裡聊了好長一段時間，卞喜和甘寧守在土地廟外面靜靜等候著。

四更天時，高飛才從土地廟裡走出來，對甘寧道：「興霸，我們回去休息吧。」

甘寧看了卞喜一眼，問道：「主人，那他怎麼辦？」

「卞喜，今日午時，你帶我們出關，之後你繼續潛伏在魏國，好好的照顧神醫。」

卞喜臉上泛起了難色，問道：「主人，你要我照顧那個老毒物？」

「老毒物？」高飛責備道：「你怎麼對神醫如此說話？」

「呵呵，燕王殿下，不用責怪卞將軍，因為我醫毒雙修，用卞將軍做藥人，自然是先給他餵毒藥，然後再餵解藥了。」

張仲景從土地廟裡走了出來，這時已經蒙上了臉，除了那雙深邃的眸子外，任何五官都看不到。

第七章

来者不善

「大約三萬騎兵，都是精兵，馬超副將是討逆將軍錢虎，破羌將軍張繡，還有司徒王允為其軍師，太尉楊彪、中書令陳群為其參謀，離這裡已經不足五十里。」

「來者不善啊！」韓浩說這句話的時候，扭頭看了眼史渙。

卞喜一見張仲景，身體就不由自主的微微發顫，高飛見到這一幕，大感驚奇，他還是第一次見到卞喜怕哪個人怕成這個樣子。

「主人，這個老毒物一身都是毒，一抬手便能放出殺死一群人的毒粉，簡直是殺人不見血的冷血殺手，我……我已經被他折磨兩年了，可不想再被他折磨了。」卞喜抱怨道。

「藥可以亂吃，話可不能亂說啊，想當初你是怎麼當上這個摸金校尉以及魏國國舅的？」張仲景冷冷說道。

卞喜看著張仲景，身體不由自主向後退了幾步，不敢再說話了。

高飛知道張仲景並無惡意，如果真有惡意的話，以張仲景醫毒雙修的本領，想在無形中殺死他是很容易的。

也許是金庸的武俠小說看的太多了，高飛總把張仲景聯想成那裡面的人物，在武俠小說裡，學醫和學毒的，都是不能得罪的。

對張仲景和卞喜之間的事，高飛不願意去過問，因為事情已經成這個樣子了，也沒有必要去追根問底，不管怎麼樣，卞喜成了魏國的國舅，不管是不是張仲景的幫助，卞喜的任務完成的相當出色。

「別忘了，你欠我一條命，不管怎麼樣，你都要將這條命還給我。」張仲景對卞喜道。

卞喜恨恨地道：「我做了你兩年的藥人，嘗盡各種各樣的痛苦，幫你完成《傷寒雜病論》的撰寫，難道這還不夠嗎？」

「嘿嘿，就是因為你做了我的藥人，才變得如此健壯，你體內隱藏的潛能都被我開發出來了，難道你不覺得你比兩年前更加的身輕如燕嗎？」

公說公有理，婆說婆有理，卞喜和張仲景開始喋喋不休的爭論著。

突然，張仲景的鼻子聞到一股不同尋常的味道，眉頭緊皺，急忙道：「不好，我們被包圍了！」

話音剛落，土地廟四周火光突顯，魏軍的士兵從四面八方湧現，一時間人聲鼎沸，馬匹嘶鳴，火光沖天。

高飛、甘寧、卞喜、張仲景都大吃一驚，只見人群中一騎飛出，馬背上騎著一個體格健壯儒生打扮的人，腰中懸著一口長劍，長衫外面罩著一個鐵甲，看起來不倫不類的。

「卞國舅，我們又見面了……」

為首的不是別人，正是**潁川太守徐庶**！

他面帶微笑，話中帶著譏諷地道：「沒想到我們會以這種方式見面……不過，今夜之後，你就將永遠的與世隔絕了。」

「徐庶，我乃國舅，你怎麼敢這樣對我……」卞喜大聲呵斥道。

「卞幽！你別得了便宜還賣乖，你在魏國安安穩穩地當了兩年的國舅，還不知足嗎？其實，你不叫卞幽，你是燕王帳下燕雲十八驃騎之一的卞喜，我說的沒錯吧？」徐庶毫不留情地說道。

卞喜急忙反駁道：「你胡說什麼？藥可以亂吃，話可不能亂說！」

徐庶嘿嘿笑道：「要怪就怪你的外甥，如果不是他，我和大王險些被你瞞騙過去。如今，卞夫人已經全部交代清楚了，大王也已經發來王令，讓我親自將你緝拿歸案！」

「我的外甥？曹丕？」卞喜怔道。

「不錯。若非二公子偶然間聽到你和親隨的談話，恰好又在大王面前說漏了嘴，只怕到現在我們也不知道你的真正身分……」

徐庶說話時，看了眼卞喜身邊的高飛、甘寧、張仲景，指著三人道：「你們三個裝束奇怪，深夜聚集在此和卞喜密會，定然也不是什麼好人，全部給我帶走。」

聲音一落，一幫士兵一擁而上。

甘寧反應迅捷，第一個擋在高飛的前面，拔刀而出，先砍翻了兩個士兵後，對卞喜吼道：「帶主人先走！」

卞喜隨身攜帶著飛刀，刀技過人，只見寒光閃過數道，幾把飛刀便貫穿士兵的胸甲，將士兵的胸前染得一片血光。

他一邊擲著飛刀，一邊朝身後的張仲景喊道：「老毒物，只要你帶主人安全離開，我做你一輩子的藥人。」

張仲景目光中射出幾許光芒，喜道：「此話當真？」

「絕不食言！」卞喜道。

張仲景想都沒想，一個箭步跳到卞喜和甘寧的面前，手中暗扣著三粒藥丸，一一射到卞喜、甘寧和高飛的嘴裡，立刻叫道：「你們走，追兵交給我收拾，我剛好試一下剛剛煉製成的毒藥。」

卞喜與張仲景相處了兩年有餘，對張仲景的為人很是清楚，於是想也不想，一手拉著甘寧、另一隻手拉著高飛，迅速地朝土地廟裡跑了過去。

高飛從徐庶出現，一直沒有出手，他處變不驚，假裝駝背的他將手扣在靴子裡，正要伺機而動時，卻被卞喜強行拉走，便隨著卞喜退到土地廟裡。

「一個都不要放過！」徐庶抽出腰中長劍，將長劍向前一指，大聲令道。

張仲景隻身一人擋在那裡，雙手上揚，向空中拋灑出許多粉末。

「嗖！」張仲景隱約聽到一聲破空的聲音，黑色的箭矢以迅疾的速度向自己的面門射了過來，他行動敏捷，立即躲了過去，緊接著一個鷂子翻身，不停向空中撒著白色的粉末，落地時，在地上打了個滾，翻滾到土地廟邊，隱遁了進去。

徐庶這幾年跟著曹操，只學會了一個字，那就是「狠」，對他而言，凡是與卞喜勾結在一起的，都是對魏國有威脅的人，都要除去。

「衝進去！格殺勿論，一個不……」

當他高聲喊叫時，突然聞到一股奇異的香味，只覺得全身軟綿無力，四肢更是抬都抬不起來，而且頭暈眼花。

「撲通！」一聲悶響，徐庶從馬背上跌落下來，緊接著，周圍的人也一個二個的倒在地上，或從馬背上跌下，或者癱軟在路旁，兩百餘人頓時癱倒一片，昏昏入睡。

高飛、甘寧、卞喜在土地廟裡看到這一幕，都大吃一驚，他們不明白為什麼會變成這個樣子。他們也聞到了香味，卻沒有昏倒，三人一致將目光移到張仲景的身上。

張仲景滿意地點了點頭，笑道：「這是我最近剛剛研製成功的迷魂散，凡是聞到迷魂散的人，都會變得四肢無力，昏昏入睡，要睡上一兩個時辰。」

「真是太神奇了，神醫到底是神醫，我甘興霸算是大開眼界了，要是能有神醫這什麼迷魂散，以後打仗的時候就不用那麼費力了，直接灑上一些，敵人醒來後就會發現被俘虜了，哈哈哈……」甘寧興奮地道。

「呵呵，甘將軍說得不錯，不過，迷魂散的煉製很難，也頗為費時，就連藥材的收集都是個問題，用於小範圍的突發狀況還是不錯的，但若是要用在戰爭中，只怕是不可能的事。」

「神醫，那你就多煉製一些嘛，這樣一來，以後打仗時，就不用死那麼多人了，你說是不？」甘寧道。

「你以為我不想？醫者父母心，我倒是真希望迷魂散能夠應用在兵事上，可以大大的減少傷亡。只是，我說過了，它煉製很困難。」張仲景嘆道。

高飛想起剛才張仲景躲避箭矢的身姿，只覺得張仲景身形迅捷，不亞於卞喜，好奇地問道：「神醫也會拳腳功夫嗎？還有，剛才你給我們吃的，是解藥吧？」

「嗯，燕王殿下聰明絕頂，一猜便中。行走江湖，豈能不學習點防身用的硬功，只不過我不太愛打打殺殺的，所以只學如何防禦，不學如何進攻，只要能夠脫身就成。」

高飛聽完張仲景的回答，越發覺得張仲景像是金庸筆下的武俠人物了。

高飛對卞喜道：「既然你的身分已經暴露了，就不要留在魏國了，跟我回燕國。現在，你去把徐庶殺了……」

「等等！」張仲景攔在土地廟的出口前。

「神醫，有什麼事要說的嗎？」高飛問。

張仲景道：「我幫你們脫身，並不是讓你們去殺人，就算徐庶等人該死，也不能死在我的面前。」

「那好，卞喜、甘寧，你們兩個將徐庶拖到一邊，別讓神醫看見血就是了……」高飛吩咐道。

「不行！你不能殺他！他是因為中了我的迷魂散才昏睡過去的，你們若是殺了他，那麼我的手上就沾滿了鮮血，我不想我的手上沾滿殺人留下的血……」

「如果我執意如此呢？」

「那就別怪我不客氣了！」張仲景話音未落，手臂揚起，從手中向高飛和甘寧灑出了一團粉末。

高飛、甘寧同時聞到一股惡臭味，只覺得頭腦發脹，眼前一黑，便倒在了地上，不醒人事。

「你……你怎麼可以對我主人這樣……」卞喜見了，驚詫地道。

張仲景道：「他是殺人的元凶，如果不把他弄昏過去，他肯定會殺人的，燕王既是個雄才大略的人，同時也是個危險的人。你放心，他睡兩個時辰就會自動醒來的，現在，你趕緊把他運出城。徐庶親自來抓你，就說明你的身分外人還不知道，利用你國舅的身分，完全可以將燕王等人帶出軒轅關。」

「我也聞到惡臭了，為什麼我沒暈倒？」卞喜不解地道。

「這就是我給予你的別人從來沒有的東西了，你成為我的藥人兩年有餘，嘗盡了無數毒藥，體內毒素積攢的太多，雖然每次都被解藥解去了一些，但是還會有一部分沉澱在體內，和你自身形成一體，抵抗著外來毒藥的侵入。可以說，你現在已經是個百毒不侵的藥人了，這點毒藥，對你根本沒有作用。」

「沒想到我卞喜還能因禍得福……」

「少廢話，趕緊離開這裡，這裡的事由我自己來處理，等我在魏國的事情一了，我就會去燕國了。」

卞喜突然對張仲景不那麼討厭了，他以前還想下毒害張仲景，現在看來，他就算下毒了也沒有用，比起他當藥人才兩年就成了百毒不侵，那張仲景整日與各

種藥為伍，估計更是萬毒不侵了。

「那些馬匹為什麼沒有倒呢？」他看到還有許多戰馬矗立在那裡，順口問道。

「此藥只對人體有害，對牲畜沒有一點作用。」張仲景解釋道。

卞喜沒有多想，牽來兩匹戰馬，將高飛、甘寧放在馬背上，自己騎一匹，朝住處的莊院而去，準備叫上甄府的人一起走。

張仲景見卞喜走了，看了一眼地上躺著的兩百名睡著的人，嘿嘿笑道：「這次可真是很不錯的收集……」

說完，他便走到魏軍士兵身邊，從腰間懸掛著的布袋裡拿出一個小瓶子，然後用一把利刃在每個士兵的手指上削下幾段手指甲，進行他所謂的收集。

天濛濛亮時，張仲景終於完成收集，摸著布袋裡鼓鼓的瓶子，心中不勝歡喜，伸了個懶腰，悠閒的離開了土地廟。

張仲景走了半個時辰後，徐庶緩緩地睜開眼睛，從地上爬起來，用力搖了搖還有點發暈的頭，看到地上橫七豎八躺著許多士兵，有一些則是鼾聲如雷。

徐庶突然發現自己所在的地方沒有一個行人，他一臉困惑地道：「**我怎麼會在這裡？我在這裡做什麼？**」

當大地剛從晨曦中蘇醒過來時，高飛緩緩地睜開了眼睛。

「我這是在哪裡？」高飛只覺得頭有點發懵，想挪動雙臂將身體撐起來，卻發覺四肢無力。

「大王，你終於醒來了，你已經昏迷三天了……真是太好了，甘寧，你快來，大王醒了！」卞喜聽到高飛的聲音，急忙向在不遠處的溪邊打水的甘寧喊道。

甘寧急忙跑了過來，跪在高飛的身邊，一臉歉意地道：「大王，臣無能，臣沒有將大王保護好，以至於讓大王受苦了，這一切都是臣的錯……」

「到底是怎麼了，為什麼我會在這裡？」

高飛被卞喜給攙扶著坐了起來，看看四周，青山、綠水、密林、小溪，晨曦的陽光灑向這片空地上，顯得很是愜意。

卞喜自責道：「大王，都是屬下護衛不周，讓那個老毒物把大王給迷暈了，那迷藥有令人喪失短暫記憶的功能，所以……」

「到底是怎麼一回事，如實的告訴我，我只記得我當時在破舊的土地廟裡，後來的事都不記得了。」高飛迷茫地道。

卞喜便將事情的來龍去脈說給高飛聽，但是省略了張仲景不讓殺徐庶的那一

段，只說張仲景發神經，亂撒迷魂散，這才把高飛給迷暈了。

高飛聽完，也沒有責怪張仲景的意思，環視周圍，卻沒有看到甄宓一行人，急忙問道：「甄府的人呢？」

卞喜道：「大王，你儘管放心，甄府的人已經安全出了軒轅關，他們的手裡有我的權杖，那老毒物的一把迷魂散撒了下去，會造成人的短暫性失憶，現在這時候徐庶還沒有派人追來，就說明徐庶還在失憶中。另外，曹洪、李典、樂進等人都在收拾馬超留下的爛攤子，潁川郡深受其害，如今好幾個縣的百姓流離失所，看來要恢復還有一段時間，我們可以趁這個時候平安的渡過黃河了。」

「我們現在在哪裡？」高飛問。

「已經過軒轅關了，現在在伊闕關，甄府的人先朝著黃河岸邊去了，到時候會有人接應他們的。」甘寧道。

高飛聽到伊闕關這三個字，皺起了眉頭道：「伊闕關……不是呂布的葬身之地嗎？呂布的墳墓在哪裡？」

甘寧、卞喜齊聲問道：「大王，你找呂布的墳墓做什麼？」

高飛道：「再怎麼說，呂布也是一時豪傑，是一方諸侯，如果不是我，他還可以活得很久，活得很好……帶我去呂布的墳墓前，我要去祭拜一下。」

甘寧、卞喜聞言，攙扶起高飛，朝山坡後面走了過去。轉過山坡，殘破的伊闕關立即展現在高飛面前。

斷壁殘垣，荒草叢生。高飛看著眼前的景象，心中突然不勝唏噓。雄關不在，荒草爬上了千瘡百孔的城牆，空無一人的伊闕關顯得是無比荒涼。

一陣山風吹過，荒草猶如層層的海浪飄動，在伊闕關下的城牆牆根下，一座墳塋矗立在雜草叢生的瓦礫中，墳塋邊上有一株剛破土長出的小樹，在狂風中被吹得左右搖擺，卻依然堅硬地立在那裡，頗有一番頂天立地的姿態。

碎裂的石碑上刻著「大漢晉侯、車騎將軍、並州牧呂布奉先之墓」字樣，墓碑的裂紋並不規則，像是被人用力擊碎的。

「甘寧，將墓碑扶正，昔日名動天下，蓋世無雙的呂奉先，不該被人如此的遺忘，再怎麼說，他也是當世的戰神，武力天下第一，無人能及的晉侯。」高飛看到這樣的一幕，心中不勝悲涼。

「諾！」

甘寧按照高飛的吩咐，將墓碑重新立在墳墓前面，高飛這會兒逐漸恢復了體力，用手扒開墳墓旁的荒草，卞喜也上前幫忙，三人將呂布的墳墓整理了一番，最起碼看起來是個墳墓，而不是無名的土坡了。

弄完，高飛單膝跪在呂布的墳前。

「大王……」

甘寧、卞喜看了，不禁叫了出來，因為按照大漢的律曆，王爵比侯爵高一等，就算是祭拜，也不能像其他人一樣跪在墳墓前面，應該有王爵的尊嚴。

「人都死了，還講那麼多規矩做什麼？」高飛擺擺手道。

按照規定，他只需點燃一炷香，插在墳塋上面就可以了，沒有必要給呂布下跪。可是，**他很清楚，呂布的死，跟他有直接的關係**。

有一段時間，他曾經把呂布當成兄弟對待，討伐董卓時，呂布對他深信不疑，圍鄴城時，呂布和他合作無間，他和呂布之間的點點滴滴立時湧上心頭，更增添了他心裡的失落。

「其實，**你是天底下最單純的人**，單純到任何人都可以利用你，單純到你會相信任何人。同時，**你也是天底下最令人敬仰和最令人惋惜的一個人**！你武藝超群，可謂是百戰百勝；你戎馬半生，到頭來卻落得個這步田地，一切的一切，雖然和我有直接的關係，但是還請你原諒。

「生逢亂世，勾心鬥角的事情太多，**你只是一個單純崇尚武力的戰神**，因為戰爭而生，又因為戰爭而死。可是，我想讓你知道，你死的可惜，死的不值，如果你選擇投靠我，我肯定會讓你成為令後人敬仰的一個戰神，可惜你不識時務……」

說到這裡，高飛停住了話，向呂布的墳拜了三下。

「奉先兄，你一路走好，你的離開，給我帶來了無限的良機，終有一天，我會統一這腐朽的大漢，到時候改朝換代，我會讓人為你立傳，讓後世的人一改對你三姓家奴的形象……」

高飛說完，站了起來，扭頭對卞喜道：「記住這個位置，以後我占領中原的時候，一定要將伊闕關周圍劃為呂布的專屬之地，並且給他立下一個大大的墓園。」

「大王，呂布真的值得大王這樣做嗎？」卞喜問。

高飛點點頭道：「呂布是大漢的一代名將，也是大漢的功臣，他不惜殺死自己的義父隱忍在董卓帳下，為的就是打倒董卓。在並州，他北逐鮮卑，西和匈奴，正確地處理了並州和外夷的關係，使得並州的百姓都有飯吃，這是他的功績，卻成就了我。我軍進駐並州後，張遼在北，韓猛在南，共同致力於並州的發展，使得並州逐漸穩定下來，這一切都是呂布在前面所做的貢獻，使得並州人民心所向。」

甘寧道：「大王，呂布確實是個很好的對手，可惜他英年早逝，若是他不死的話，臣應該會有一個很好的對手。」

高飛不再說什麼，臉上面無表情，抬頭看著天空，見白雲浮動，心中緩緩想道：「自黃巾起義以來，我已經來到這個世界六年了，六年時間裡，我幾乎有一半的時間在外征戰。如今各國雛形已定，還剩下曹操、孫堅、劉備、馬騰父子、劉璋、士燮未平，士燮早晚都會被孫堅吞併，劉璋不足為慮，劉備、曹操、馬騰父子倒是棘手的人物，如何進行下一步的行動，我還要好好的考慮一下，在利用孫堅平定南方的時機，我也該致力於軍事了……」

轉過身子，高飛對甘寧、卞喜道：「我們走吧，儘快回到燕國，我還有好多事要處理呢。」

「諾！」

三人，三馬，迅速的離開了伊闕關。

一天後，高飛、甘寧、卞喜來到洛陽舊都，看著那比伊闕關還殘破的洛陽城，以及沿途荒蕪的田地，三人的心裡都無比難受。

「兩年了，洛陽舊都的京畿附近，竟然沒有一個人，如此荒涼的景象，要想恢復到昔日的繁華，只怕不用上十年的功夫做不到。」高飛發出感慨。

三人從洛陽舊都的邊緣繞了過去，剛走了不到兩里路，便聽見滾雷般的馬蹄聲，三人的心裡都是一驚。

「難道是魏兵追了過來？」卞喜第一個反應便是如此。

高飛豎起耳朵仔細聆聽，說道：「馬蹄鏗鏘有力，擲地有聲，而且步調一致，可謂萬馬奔騰，能達到萬馬奔騰的效果，唯有西邊的馬家軍……」

甘寧急忙策馬上了一處高坡，眺望著，但見西北方向煙塵滾滾，騎兵多不勝數，裝備精良的騎兵打著「秦」字大旗，立即對高飛道：「大王，是秦王馬超的隊伍……大約有三萬騎……」

清一色的騎兵，每個騎兵都戴著白色盔纓的頭盔，身上披著白色的披風，背後背著雙劍，腰中繫著馬刀，手中握著長槍，馬項上還拴著一張大弓，裝備十分的精良。

高飛躍上高坡，看到如此壯觀的場景，吃驚不已，不禁嘆道：「馬兒長大了，沉睡的雄獅已經慢慢蘇醒了……」

甘寧道：「大王，此地不宜久留，雖然秦軍離這裡還有一段距離，但這裡是必經之路，而且秦軍人多勢眾，三萬鐵騎滾滾而來，簡直是勢不可擋，我們應該儘快躲避才是。」

「大王，甘將軍說的沒錯，請大王暫時躲避一下。徐庶在陽翟城裡斬殺了秦軍潛伏的一千名精銳之士，看來馬超是帶著秦軍來報仇的。」卞喜道。

高飛點點頭，迅速下了山坡，和甘寧、卞喜策馬朝洛陽舊都的廢墟中跑了過去，在一處坍塌的大殿裡暫時隱藏了起來。

白色軍團迅速的移動，猶如一個在白天活動的幽靈，讓人遠遠看了就心生畏懼。

清一色的棗紅戰馬，秦軍大纛的下面，馬超騎著整個軍團中唯一的一匹白色戰馬，頭頂束髮金冠，披百花戰袍，擐唐猊鎧甲，繫獅蠻寶帶，手持亮銀槍，威風凜凜地奔跑在隊伍的最前面。

錢虎緊緊地跟隨在馬超的右側，道：「主人，前面不遠的山頭上，剛才有三名騎兵晃動，肯定是魏軍的哨探，要不要屬下把他們結果了？」

「區區三名哨探，不足為慮，就讓他們回去告訴魏軍好了，本王親率三萬鐵騎到來，定然要攻克虎牢關，要讓魏軍好好的看看，本王才是真正的中原霸主！」馬超冷笑一聲，毫不在乎地說道。

「大王，虎牢關乃天下險關，易守難攻，我軍只有騎兵，只怕叩關不易，涼王殿下已經帶來十萬西涼鐵騎進駐關中，帳下八部先鋒都陸續到來，我們是否等待涼王殿下一起到來之後，再對虎牢關發動進攻？」與錢虎並排而行，跟在馬超左側的一員騎將緩緩說道。

馬超看都沒有看那騎將一眼，冷哼一聲道：「兵貴神速，我軍驟然殺至，以我軍之雄壯，定然能夠讓虎牢關內守兵人皆喪膽，攻克虎牢關不在話下，若遷延時日，只怕魏軍會增兵虎牢關，到時候再行攻擊，就要困難的多！張繡，你守衛函谷關已經有些年頭了，此次隨我出征，是你建功立業的好機會，你可不要錯過這個好機會，給本王臉上抹黑。」

被喚作張繡的騎將一臉的冷峻，留著一撮山羊鬍子，一雙大手緊緊地握著銀蛇槍，聽到馬超的話後，抱拳道：「請秦王放心，末將定然不負秦王厚望。」

馬超微微側過了臉，斜視了一下張繡，看了一眼他手中的銀蛇槍，說道：「你手中的銀蛇槍乃是用鑌鐵點鋼打造而成，槍桿長一丈，槍尖長八寸，刃開雙鋒，作遊蛇形狀，故而得名，乃是本王十歲時慣用的趁手兵器，此時本王將這銀蛇槍贈給你了，你可一定要用這把銀蛇槍多斬殺一些敵人，也不枉本王對你的器重了。」

張繡點點頭道：「末將明白。」

馬超舉起手中的亮銀槍，看了一眼之後，道：「也不知道本王的地火玄盧槍，父親帶來沒有，這把亮銀槍我已經用膩了，入手太過輕飄，實在是極不稱手……」

錢虎聽後，嘿嘿笑道：「主人，不是這亮銀槍太輕了，而是因為主人的臂力又增加了不少，主人這三年中一共換了十八條長槍，每換一條，長槍的重量就大過一條，由此可見，主人已經是膂力過人了。」

馬超道：「此次問鼎中原，本王定要親自和曹操帳下的典韋、許褚二將對戰一番，也不枉我到中原走了一遭。」

張繡道：「聽聞典韋、許褚乃魏軍雙絕，除了他們之外，夏侯惇、夏侯淵、曹仁、曹洪等輩也絕非庸手，魏軍人才濟濟，此次定然能夠滿足秦王殿下的心跡。」

馬超哼了聲道：「聽說夏侯惇、夏侯淵的武力不弱，但與本王比起來還相差太遠，若是遇到夏侯惇、夏侯淵、曹仁、曹洪等輩，就由你和錢虎出戰吧。」

「諾！」

「好了，從這裡到虎牢關，還有很大的一段路要走，傳令下去，全軍加速前進，養兵千日用兵一時，本王養了他們好幾年，此時正是報答本王的時候。」馬超拍馬揚鞭，「駕」的一聲大喝，便飛馳而出。

張繡、錢虎二人將命令傳達下去，一行三萬騎兵，沿著同樣的軌跡，朝著虎牢關奔赴而去。

馬超等人漸行漸遠，高飛、甘寧、卞喜這才從廢墟中走了出來，看著馬超等人留下來的滾滾煙塵，心中都有一種說不出的震撼。

甘寧道：「大王，馬超一路向東，定然是向著虎牢關而去的，看來秦軍要向魏軍開戰了。」

高飛說道：「馬兒長大了，父親是涼王，他又讓天子封他為秦王，小小年紀就有不小的雄心，一出函谷關便帶著三萬鐵騎，直撲虎牢關，看來中原兵革又要再起。」

「主人，我們坐山觀虎鬥不是很好？如果馬超敗了，我們就抄其後路，如果曹操敗了，對我們也是百利而無一害啊。」卞喜道。

「話雖如此，但是我相信馬超不會蠢到只用這三萬騎兵去對付擁有二十萬軍隊的曹操，他的身後，必然還有援軍。看著吧，馬超一進入中原，馬騰也會坐不住，定然會傾全力支持馬超，到時候十萬西涼鐵騎滾滾向中原而來，中原少不了又要有一場大混戰。」高飛分析道。

「大王，若是馬騰真的傾全力支持馬超，那涼州、關中必然空虛，我軍不如趁著馬騰後方空虛，從塞外攻入涼州，偷襲涼州和關中。」甘寧建議。

高飛笑道：「你太小看馬騰了，涼州一直都是戰亂不斷的地方，馬騰能在涼州站穩腳跟，說明他和羌胡之間已經達成了某種協議，否則，以羌胡的一貫作風，絕對能夠顛覆整個涼州。自從董卓身亡之後，馬騰便退到了關中和涼州，這幾年涼州的羌胡並沒有太大的動靜，可見羌胡對馬騰很信任。

「雖然馬騰會出動多數兵力入主中原，但是後方有羌胡作為根基，也就沒有空虛不空虛一說。再說，被我們打跑的鮮卑人也在涼州邊緣居住，我軍若有所行動，必然要越過鮮卑人，那些鮮卑人仇視我們，定然不會和我們為伍……」

「這麼說來，關中、涼州是暫時不能去攻打了？」甘寧問。

「一口吃不了一個胖子，以現在的形勢來看，我們要想發動全面的戰爭，就目前的兵力是遠遠不夠的。走，我們儘快趕回燕國，我要用三年的時間訓練出強大的軍隊來，如今的天下，河北人口眾多，徵兵應該不是難事。」高飛翻身上馬，一拉韁繩便策馬而出。

甘寧、卞喜緊緊相隨，三匹快馬向著黃河渡口一路而去。

虎牢關。

守將韓浩、史渙二人剛剛巡視完關城回來，屁股還沒有坐熱，便見一名斥候慌張地闖進大廳。

「報——二位將軍，大事不妙了……西邊……西邊……」斥候上氣不接下氣的說道。

「慌什麼？天塌下來了由我頂著！你先喘口氣，細細地說來。」韓浩安撫道。

斥候喘了口氣，道：「西邊發現了大批騎兵的動向，領頭的人正是秦王馬超，正馬不停蹄的向著虎牢關奔來。」

韓浩聞言，立刻站了起來，問道：「來了多少人？」

「大約三萬騎兵，都是精兵，馬超副將是討逆將軍錢虎，破羌將軍張繡，還有司徒王允為其軍師，太尉楊彪、中書令陳群為其參謀，離這裡已經不足五十里。」

「來者不善啊！」韓浩說這句話的時候，扭頭看了眼史渙。

史渙和韓浩十分有默契，一個眼神的交換，便道：「看來，只能將此事稟告給曹將軍了，馬超不宣而戰，虎牢關雖小，卻牢不可破，足夠曹將軍從陳留帶兵趕來。」

「好，就這樣辦。」韓浩點頭同意。

隨後，韓浩、史渙派出斥候，火速奔赴陳留，他們兩人則積極布置防線，以阻止馬超的大軍。

虎牢關內頓時陷入一片忙碌之中。

嘈雜的聲音打破了清晨的平靜，在兵營裡酣睡的許褚被吵醒，睜開布滿血絲的眼睛，走出兵營，見士兵忙碌不迭，問道：「發生了什麼事？」

「秦軍打過來了，秦王馬超親自領兵，三萬鐵騎正在向虎牢關靠近……」

「馬超？」許褚的心裡籠上了一個問號，道：「他很厲害嗎？」

士兵回道：「不清楚，聽說驍勇異常，被羌胡奉為神威天將軍……」

「呸！」許褚不爽地道：「狗屁的神威天將軍，小屁孩一個，全仗著他老爹馬騰才當上秦王的，只會欺負年幼的天子，有個鳥的真本事……韓浩、史渙二人在哪裡？」

士兵急忙答道：「在城樓上！」

許褚隨手拎起一件寬大的衣衫，穿在身上，卻不扣上鈕扣，使他黝黑而又結實的胸膛裸露在外。

他從陽翟城奉徐庶的命令前來送信，讓韓浩、史渙緊守虎牢關，來了之後就沒回去，睡了一天一夜，後來喝酒喝醉了，又睡了一天，今早一醒來，嘴裡還滿口的酒氣呢。

他來到虎牢關的城樓上，見韓浩、史渙全身披甲，正在指揮士兵布置防守用的器械，便道：「韓將軍、史將軍！」

韓浩、史渙聽到許褚的叫聲，急忙招呼道：「許將軍，你醒來了？」

許褚點點頭道：「你們弄這麼大的動靜，想不醒都難。聽說，秦王馬超親自帶兵來攻打虎牢關了？」

韓浩、史渙點了點頭，同時說道：「我們已經將此事上報給曹將軍，請求曹將軍從陳留出兵支援。」

「有我在，你們幹什麼去找曹仁？你們是不是看不起我許仲康？」許褚問。

韓浩、史渙急忙搖手道：「許將軍，你千萬不要誤會，我們是隸屬曹將軍，此事事關重大，不得不上報啊，並非有蔑視許將軍的意思。」

許褚道：「馬超不就是馬騰的兒子嗎？當年討伐董卓的時候，我聽人說過，馬騰殺了董卓，馬超護著天子蒞臨在長安，這個小子不過還是個娃娃，你們幹什麼如此緊張？」

韓浩道：「實不相瞞，我們對馬超也並不熟悉，只是聽說馬超被羌胡奉為神威天將軍，小小年紀便能讓羌胡如此信服，想必定有過人之處，而且他此行帶來了三萬鐵騎，我們也不敢大意啊。」

許褚聽後，也覺得有幾分道理，伸手拍了拍韓浩和史渙的肩膀，笑道：「虎牢關易守難攻，有我在這裡，什麼神威天將軍都統統是狗屁，呂布我都不怕，我還會怕他一個小毛孩子？」

韓浩、史渙面面相覷，聽許褚這麼一說，倒是顯得他們兩個很懼怕的樣子，心中雖然對此不爽，也不敢和許褚爭執，畢竟許褚可是曹操和徐庶身邊的紅人，得罪不起。

「好了，我去準備一番，等馬超來了，你通知我，我親自出關去迎戰馬超，定教他有來無回！」許褚說完轉身便走。

狂風呼嘯，天地間一派肅殺。

虎牢關下，馬超帶著三萬鐵騎如同大山一般矗立在那裡，漫山遍野上都是清一色的白袍紅馬的騎兵。

馬超英姿颯爽地騎在白馬上，望著巍峨的虎牢關，嘴角洋溢著淡淡的笑容。

張繡、錢虎在馬超的左右兩側，二人也是威武不凡，目光望著關城上的魏軍飄展的大旗，見關城上弓弩齊備，刀槍林立，不由得皺起了眉頭。

「大王，看來魏軍已經做好準備，虎牢關易守難攻，我們不如暫時在關外紮營，等王司徒、楊太尉、陳中書到來，再攻城不遲！」張繡道。

馬超不屑說道：「要是等王允、楊彪、陳群帶著攻城器械到來，只怕魏軍援軍也到來了，到時候再攻打就難上加難了。錢虎，去搦戰！虎牢關守將韓浩、史渙原本是夏侯惇的部將，現在是曹仁的部下，以你的能力，取下一兩顆人頭過來不難。」

錢虎道：「諾！」

「錢兄且慢，你跟隨大王去了一趟魏國，回來後，大王就把你從虎賁中郎將提拔成討逆將軍，已經是戰功赫赫了。不如把這次機會讓給小弟如何？」張繡一把拉住了錢虎的手道。

「你武力勝過我許多，殺雞焉用牛刀，還是我去吧，省得髒了你的銀蛇槍。」錢虎嘿嘿地笑了兩聲，話音一落，便策馬而出。

到了關下，他拔出手中的彎刀，指著關城上，大聲喊道：「我乃秦王帳下討逆將軍錢虎，秦王奉天子令，光復舊都，爾等敢有阻攔著，便是不尊天子令，與

反賊無疑，速速打開關城，下來投降！」

虎牢關的城牆上，韓浩、史渙面面相覷，都冷笑一聲。韓浩扶著城垛，向下眺望，但見虎牢關外秦軍騎兵漫山遍野，一眼望不到頭，又見錢虎威風凜凜，頗有大將之風，叫嚷道：

「秦王馬超，托名忠臣，實則奸臣，將天子玩弄於股掌之中，逼迫天子封自己為王，天下人盡皆知。我家大王心懷漢室，正欲興兵討伐，你們卻親自送上門來，還說什麼奉天子令，簡直是狗屁……不對，狗屁都不如！」

錢虎聽後，扭頭看了眼身後的馬超，心中有點虛，不知道該如何回答。

張繡見了，急忙道：「大王，我軍師出無名，攻伐魏國也是不宣而戰，名不正言不順，只怕……」

「誰說師出無名？我有天子聖諭，誰敢阻擋，天子要光復舊都，虎牢關乃舊都東部之屏障，豈能不第一個收復？休得聽他們胡言亂語！」馬超怒道。

錢虎聽後，堅定了信心，向著虎牢關上大聲喊道：「我主乃是奉天子令，名正言順，汝等速速打開關城，否則當以謀逆之罪論處！」

韓浩、史渙心裡明白，曹操雖然說是魏王，但這天下終究還是大漢的天下，天子仍在，天子的命令就是最大的，沒有人可以違抗。是以兩個人也不知道該如何做，一時間竟然愣在那裡。

「給我打開關門！」許褚陰沉著臉，手中提著一把通體銀色，刀身彎曲如象鼻，刀刃光滑鋒利的刀走了出來。

韓浩、史渙臉上一怔，道：「許將軍，怎麼可以就此打開關門，這虎牢關可是通往陳留的一道屏障，豈能……」

「廢什麼話？我讓你們打開就打開，我出去之後，你們再關上，我要和那個叫什麼馬超的單打獨鬥，親自將馬超生擒過來，這樣就可以勒令秦軍退兵了。」許褚道。

韓浩、史渙一聽，這才鬆了一口氣，但旋即又擔心起許褚來，說道：「許將軍，這樣下去，只怕不好吧？萬一許將軍有什麼閃失，我們怎麼向大王交代？」

「怎麼？難不成我還輸給了那個黃毛小子不成？」許褚抬起手，指著虎牢關下的馬超，大聲地說道。

「不是……不是……我們不是這個意思，我們是……」韓浩、史渙二人急忙解釋道。

許褚不等韓浩、史渙說完，便大聲地朝關下吼道：「馬超！我乃魏王帳下，虎賁中郎將許褚是也，你可敢與我單打獨鬥？」

馬超在關下聽得仔細，聽到許褚的名字時，頓時感到熱血沸騰，彷彿是饑餓已久，突然見到獵物的猛虎一般，兩眼放出一道精光。

他策馬而出，來到錢虎的面前，吩咐道：「退下，既然出戰的是許褚，就由本王親自迎……」

「大王！許褚乃魏國雙絕之一，武力過人，大王並未和許褚交過手，也不知道他武藝如何，不如先由末將代替大王出戰，和許褚鬥上一番，大王在一邊觀戰，先看清許褚的武藝再出戰不遲！」張繡出現在馬超身邊，打斷馬超的話，並且表明了自己迫切想出戰的心願。

馬超扭頭看了眼張繡，見張繡一臉的堅毅，他對張繡的武藝也十分清楚，堪稱用槍的名家，他沒有直接回答，而是調轉了馬頭，對錢虎道：「我們回去觀戰！」

錢虎明白了馬超的意思，便說道：「主人，那許褚可是魏國雙絕，不如讓屬下和張繡一起迎戰吧？」

「不用，我一個人應付的過來，多謝錢兄好意。」

張繡直接拒絕了錢虎的好意，他作為張濟的侄子跟隨馬騰，後來從武威調到了函谷關，一直在函谷關附近把守，從未真正的出戰過，自從他的叔父張濟在兩年前戰死之後，他便決心要讓自己的名字為天下人所知，這次是他第一次出戰，所以他很興奮，迫不及待的想展示一下自己的武藝。

馬超道：「錢虎，你沒聽見嗎，這是本王的命令！」

錢虎不敢違抗，跟著馬超退回了陣中。

張繡手持銀蛇槍，抬頭望著虎牢關上的許褚，冷笑一聲，喊道：「秦王豈能是你這等無名小卒可以隨便挑戰的，要想挑戰秦王，先過我這一關！」

許褚聽到張繡的話，看了看張繡，覺得從未見過，便指著張繡說道：「你算哪根蔥，居然敢這樣說我？看我不下去扒了你的皮！」

話音一落，許褚二話不說，直接下了城樓。

不多時，虎牢關的關門被打開了，許褚單人、單騎、單刀出了關門，他剛一出虎牢關的關門，虎牢關的關門便重新關上，而城牆上站立著的弓箭手，則是嚴防死守，絲毫沒有半點懈怠。

「韓兄，許將軍一個人出去不會有什麼事吧？」史渙擔心地說道。

韓浩道：「許將軍武力過人，能有什麼事？虎癡之名更是名動天下，誰敢在虎癡的頭上撒野，定然會被碎屍萬段。」

史渙不再說話，只是默默地注視著許褚，心中暗暗地祈求著許褚平安無事。

虎牢關下，張繡、許褚二人，一個持槍，一個握刀，單從體型上來說，許褚要大張繡一倍，而且個頭也高出張繡許多，在外人看來，張繡實在吃虧不少，那麼瘦小的人肯定在許褚手下堅持不了幾個回合。

但事實上，張繡並不害怕，甚至連眉頭都沒有皺一下，輕輕地拿捏著自己手中的銀蛇槍，目視著許褚，細細地打量著。

許褚一經出了關門，便立刻感受到不一樣的氣場，他和張繡相距很近，卻看不出張繡身上有一點害怕的模樣，而且張繡給人一種不怒而威的感覺，眉宇間透著一股英氣。

「剛才在城牆上沒有看清楚，現在走近了我才發現，這個人並不簡單，氣場十足，應該是個高手，我須小心應付才是。」

許褚想完之後，卻也並不害怕，他一向藝高人膽大，看了一眼自己手中提著的古月刀，緩緩地說道：「上次我就是用你和呂布對戰的，呂布已經死了，天底下能抵擋住你的人已經很少了，這一次，我要用你斬下對面那個人的人頭，你可要給我爭氣啊……」

張繡聽到許褚的話，將銀蛇槍舉起，槍尖對準許褚，不滿地道：「你有完沒完，到底打還是不打？」

「打！」許褚突然青筋暴起，怒吼一聲，雙腿用力一夾座下戰馬，便朝著張繡奔馳了出去。

張繡見許褚奔馳過來，更不答話，雙手握著銀蛇槍，策馬迎了上去。

「砰！」一聲巨響，張繡的銀蛇槍和許褚的古月刀碰撞在一起，發出了一陣嗡鳴，就連手中的兵器都開始顫抖了起來。

一個回合就這樣平淡無奇的結束了，沒有讓人感到驚豔，也沒有讓人感到震驚，兩人都是使出了最最普通的一招。

「第一回合是試招，第二回合就要開始上演精彩的一幕了。張繡，你號稱北地槍王，百鳥朝鳳槍除了本王以外，在整個西北罕有對手，現在是你表演的時刻了，本王給了你這個大好的舞臺，你就應該用心的去表演，別讓本王失望。」馬超看完第一回合張繡和許褚的對決之後，緩緩地說道。

錢虎皺起了眉頭，心中不平地道：「大王竟然對張繡如此器重……」

第八章

大漢天子

那坐在華蓋大車裡的少年正是當今大漢的天子——劉辯。

劉辯自從做了皇帝，在馬騰父子的幫助下，他落腳長安，在長安安安穩穩地當他的皇帝，養尊處優些許年後，忽然想起舊都，便下令讓馬超率兵東進，占領司隸。

虎牢關下，兩軍陣前，張繡、許褚都調轉了馬頭，剛才兩個人都沒有使出真正的實力，兩人的想法一致，都是先以第一回合試試對方的身手。

雖然兩人交手的那個回合看似平淡無奇，卻隱含了兩人極大的臂力，這一試之下，兩人臂力旗鼓相當，各自的心裡也都有了數。

「不愧是魏國雙絕之一的許褚，膂力實在是驚人，直到現在，我的手被震得微微發麻，看來，要想和他比拼力氣是不可行的了，只有比拼招數的精妙以及身體的靈活度了。」

張繡握著銀蛇槍的手還在微微發麻，像針扎的一樣，很少皺眉的他，竟然將眉頭緊緊地皺了起來。

馬超遠遠地望去，看到張繡臉上起了一絲微妙的變換，心中想道：「看來，許褚確實是個勁敵，否則張繡絕對不會為之動容……」

戰場上，許褚緊緊地握著古月刀，眼神中射出一道欣喜的精光，十分好奇地看著張繡，心裡也泛起了一絲漣漪。

他自從和典韋分開，跟隨徐庶之後，就很少和人切磋武藝，平時其他的將軍也不敢和他切磋，生怕會缺胳膊少腿的，以至於他兩年來罕逢對手，只有到每年年關的時候，他才會回到昌邑，和典韋痛痛快快的打上一場。

此刻，他試出了張繡的實力，帶著一絲驚奇，同時也有一絲興奮，那種渴望對手的迫切心情登時湧現上來，彷彿將張繡看成了一頓豐富的晚餐。

「對面的，你叫什麼名字？我的刀下從不殺無名小卒！」許褚擦拭了一下嘴巴，大聲問道。

「某乃張繡，涼州武威人！」

「張繡？嗯……我記下了，今日過後，我會給你厚葬的。」許褚信心滿滿地說道。

「少廢話，看槍！」張繡舉槍策馬向前，大喝一聲。

許褚也不示弱，舞動著手中的古月刀，將自己身前罩成一個密集的刀網，以守為攻，迎著張繡便衝了上去。

「錚！錚！錚！錚……」

一連好幾聲的兵器碰撞聲在兩人交馬的一瞬間響了起來，在陽光下，金屬的碰撞發出了些許火花。

許褚和張繡再次分開，調轉馬頭之後，第二個回合算是結束了。他變得越來越亢奮，伸出舌頭，舉起古月刀，舐了一下刀鋒的邊緣。

「小子，你槍法不錯，能在一個回合中連續刺殺六下，已然是一個高手了。

不過，今天你選錯對手了，只能成為我刀下的亡魂，成為我許褚再次進階的墊腳石。我看你也是個人才，不如快些讓開，讓馬超前來迎戰，等我擊敗馬超，你就跟著我去見魏王，相信魏王一定會很欣賞你的……」許褚遊說道。

「呸！看槍！」張繡對許褚的話置之不理，只覺得許褚是在放屁，挺著銀蛇槍便向前殺了出去，心中還在想著馬超給予他的恩情，決定要在馬超面前展示一下自己的真正實力。

許褚搖搖頭，嘆了口氣，嘖嘖道：「可惜可惜，如果你同意的話，或許魏國就是三絕了……」

不等許褚的話說完，張繡便縱馬挺槍到了面前，許褚立刻舉起古月刀迎戰，一刀砍向張繡的頭顱。

可是，張繡不躲不閃，徑直朝著許褚的刀刃迎了過去。

許褚心中暗暗一驚，心道：「他居然不躲……」

不對！不是不躲，而是置之死地而後生，他的瞳孔登時放大，眼睛瞪得像銅鈴一樣，清楚地看到寒光從自己的下腹那裡閃了過來，銀色如同靈蛇的槍尖正神不知鬼不覺地逼向他的腹部，若是他不及時收刀遮擋，只怕他的刀刃還沒砍到張繡，自己就會被張繡一槍刺穿了身體。

許褚來不及細想，關鍵時刻，保命重要，急忙收住已經劈出去的古月刀。也幸虧他是許褚，若是換了別人，誰又能將劈到半空的刀順勢收回，沒有一定的臂力和反應力，根本不會做的如此完美。

「錚！」一聲巨響，許褚撥開了張繡的銀蛇槍，迅速地舞動著古月刀，將自己罩在一個密集的刀網中，密不透風。

當他和張繡分開之後，心中頓時害怕不已，調轉馬頭時，額頭上竟然滲出汗水，這是從未有過的事，也是他第一次遇到如此詭異的事。

「你這是什麼招式？」

許褚見張繡這招精妙無比，暗暗地記在心裡，也怪自己兵器太短，馬上對戰，始終不如長兵器占便宜。

「**鳳凰浴火重生，欲為鳳凰，必先涅槃**，乃是百鳥朝鳳槍中最為精要的一槍。」張繡橫槍立馬，緩緩地說道。

他師承河北用槍名家童淵，乃是童淵的大弟子，自幼聰明好學，深得童淵所喜愛，是以傳授其百鳥朝鳳槍。然而，好景不長，剛習得百鳥朝鳳槍不到兩個月，他的父親突然病故，百善孝為先，他不得不離開童淵，回到老家武威料理父親的後事。

之後，他便因為種種原因留在了涼州，直到跟隨叔父張濟一起投靠董卓，在董卓帳下為將。

董卓在時，他並不突出，因為身體看著羸弱，所以不受董卓所喜，根本沒有機會上陣殺敵。董卓死後，他又跟隨叔父張濟一起投靠了馬騰，機緣巧合下，認識了當時還年幼的馬超，在不知情的情況下，擊敗了年幼的馬超。

馬超因而十分器重張繡，並且隔三差五的去找張繡比試，雖然每次都是輸，但是馬超並未氣餒，張繡也從旁指導馬超一二。

直到今年年初，他和馬超做了一次公平的對決，第一次被馬超所超越。

「百鳥朝鳳槍？好名字，確實是好槍法。」許褚讚道。

突然，許褚話音一轉，一臉陰沉地道：「不過，剛才是我大意，這次我不會掉以輕心了，我們憑真本事吧！」

話音一落，許褚舞著古月刀便衝向了張繡。張繡毫不示弱，銀蛇槍在手，百鳥朝鳳的精妙槍法層出不窮。

許褚皺起眉頭，只見長槍疾轉，風聲頓如鶴唳陣陣，不絕於耳。

槍影飛舞，張繡飛身前彷彿化為一道可怕的火海漩渦，當許褚的古月刀和張繡的槍影接觸的那一瞬間，就彷彿倔強的青蓮被熊熊火焰給吞噬，那股詭異的力道，讓許褚難過的想自殺。

呼！面對可怕的吞噬勁道，許褚再也無法控制住手中的古月刀，只覺得古月刀像是通靈般，一個勁地想從自己的手中掙脫。

「砰！」一聲巨響，許褚手中的古月刀被狠狠地砸在半空中，缺少了駕馭能力的古月刀在半空中化為點點零星，在陽光下消散得無影無蹤。

「怎……怎麼可能……」許褚右手微微發顫著，難以置信地看著自己空無一物的雙手。

這一切，他無法相信！

自己手中緊握著的刀，居然會被眼前這個漢子給挑飛了出去。

殺意向許褚逼了過來，寒光仍然在閃動，直撲他而來。他不敢多想，迅疾地抽出腰中佩劍，以長劍和張繡的銀蛇槍對接，叮叮噹噹十數聲兵器碰撞後，他手中的長劍已經被砍得不成樣子。

「啪！」一聲清脆的響聲，許褚手中長劍被張繡的銀蛇槍震斷成兩截。

張繡看著驚詫不已的許褚，銀蛇槍不斷抖動而出，妙招層出不窮，一招快過一招，直接將許褚封殺在他的可殺範圍之內。

「虎癡……也不過如此嘛……」張繡冷笑一聲。

許褚用斷的長劍遮擋，已經開始出現吃力的狀態，手中沒有了稱手的兵器，始終無法抵擋住張繡的進攻，如果再這樣下去，只怕不出五招，他就會身中數槍斃命。

就在許褚猶豫的一瞬間，張繡看準了時機，銀蛇槍迅速刺了出去，大聲喊道：「許褚，納命來！」

電光石火間，許褚性命危在旦夕。

遠在虎牢關上的韓浩、史渙看到這一幕，早已亂了陣腳，他們還是頭一次見到許褚被人逼成這個樣子，這可是從未有過的事，**是張繡太強了，還是許褚太弱了？**

眼看著張繡的銀蛇槍就要刺到許褚的身體，許褚驚詫的臉上突然露出一抹淡淡的笑容，同時扔掉斷裂的長劍，雙手撐著馬鞍，雙腳站在馬背上，用力向上一躍，伸手在空中胡亂一抓，直接接住正在下墜的古月刀，喊道：

「天地十八斬！」

一聲巨吼從戰場上傳開，猶如山林中虎嘯一般，震得人肝腸寸斷，心生膽寒。

張繡一槍刺空，隨即露出破綻，猛然抬頭看了眼許褚，只覺一道刺眼的光束向自己射了過來，弄得他的眼睛無法睜開，還沒有來得及用手遮擋光線，便見許褚從空中飄落而下，古月刀舞得虎虎生風，一刀快過一刀，連續向他劈了十八下。

「啊……」一聲慘叫沖天響起，張繡從馬背上跌落下來，銀蛇槍脫手而出，右臂鮮血直流，染透了整條手臂。

「轟」的一聲響，許褚的虎軀從空中墜落到地上，古月刀隨手甩出，寒光中帶著一絲血腥，逼向張繡。

張繡瞪著驚恐的眼睛，感受著死神向自己逼來，令他窒息不已，剛才的突然變故讓他這個時候才反應過來，**許褚的古月刀脫手而出，完全是做樣子給他看的，他上了許褚的當。**

他輕輕地閉上眼睛，第一次在萬眾矚目下與人比鬥，卻落得這樣的結果。他不甘心，可是卻無能為力，因為那凌厲的刀鋒已經快速向他逼了過來，讓他無法躲閃。

「能死在這樣一個厲害人物的手下，我張繡也不枉此生了……」

「錚！」一聲巨響在張繡的耳邊響起，震得他的耳朵嗡嗡亂響。同時，他感到一股寒意從自己的面頰上掠過，凌厲的氣勢將自己的面頰劃上了一道極細的傷口，血液登時滲了出來。

「張繡退下！」

張繡聽到馬超的一聲巨吼，就在他咫尺的距離，那聲音如同滾雷般落下，敲打著他的心肺，像是一記強心針，使得他甘願面臨死亡的心境突然又反轉了過來。

急忙睜開眼睛，他看到馬超不知何時出現在自己的面前，橫槍立馬，怒視在不遠處的許褚，許褚則是滿臉青筋暴起，瞠目結舌地看著馬超，雙眸中露出對獵物巨大的渴望。

「退下！」馬超頭也不回，怒吼道：「許褚驍勇，你不是對手，去和錢虎壓陣！」

張繡從地上翻身而起，撿起了地上的銀蛇槍，立刻退出戰場，臨走時，還不忘用目光剜了許褚一眼，心中暗暗地叫道：「早晚有一天，我要向你討回這個恥辱！」

「你就是許褚？剛才那一手置之死地而後生，倒是用的漂亮……」馬超打量了一下對面的許褚，見許褚五大三粗，身寬體胖的，正色問道。

許褚不回答，反問道：「嘿嘿，欲為鳳凰，必先涅槃，這可是剛才那個叫張繡的人說的，我只不過是現學現賣而已……對了，你就是那個什麼小馬駒兒？」

馬超聽許褚當眾羞辱自己，不禁大怒，將亮銀槍向前一揮，槍尖指著許褚，怒罵道：「臭胖子！你嘴巴放乾淨點，本王乃是大漢天子親自冊封的秦王，比起你主曹操自封為王要來得名正言順的多。」

「嘿嘿！只怕是你逼迫當今天子為自己封王吧，你挾持天子，天下誰人不知？」

「你……賊你娘！有本事就和我打一場，咱們手底下見真章！」

「來就來，誰怕誰啊！馬騰那老小子沒有管教好自己的兒子，今日我就代替那老小子管教管教你這個放肆且目無尊長的狂徒。」許褚調侃道。

馬超怒不可遏，更不答話，立刻拍馬而出，挺槍朝許褚而去。

許褚見馬超策馬而來，二話不說，急忙操著古月刀翻身上馬，然後拍馬向前，迎著馬超便衝了出去。

許褚剛剛戰過張繡，天地十八斬讓他耗費了好大的力氣，如今刀勢已疲，作戰的銳氣盡失，現在卻要面對馬超，強提一口真氣，大吼一聲，長刀泛起千般雲浪，刀身射出七色的光芒，七丈之內刀氣縱橫，刀意綿綿，猶如層層炙熱的火海，驚濤拍岸滾滾而出……

「好刀法！」

馬超一面遮擋，一面興奮地叫著，剛和許褚一交手，便是如此激烈的戰鬥，讓他頓時生出了極大的鬥志。

西北第一槍，天下莫敢向，神威天將軍，唯有錦馬超。

馬超帶著一臉的興奮，在許褚刀網的籠罩之下沉著應戰，同時手中的亮銀槍抖出千般浪花，義無反顧的向火雲刺去！

這是冰與火的戰爭，就像馬超和許褚命中註定就是對手一樣，亮銀槍和古月刀亦是天生的敵人，宿命中就是要一戰的，只是不知為何會在此時此地，兩人都投入了極大的精力，勢要在天下第一雄關面前分出個勝負。

數年前，同樣在虎牢關下，呂布一舉成名，成就了天下無雙的威名，今日，同樣的年輕俊傑正在用自己手中的長槍舞動著自己的未來。

刀槍並舉，轉眼二十個回合過去了，兩人的戰局無人可以插手，刀槍的壓力致使十丈之內形成了巨大的氣流，忽而空氣熱如火爐，忽而又寒冷如臘月的寒風，許褚的鬍子眉毛上都結起了冰碴，馬超的身上卻是被火烤過一樣燒得通紅。

無論是魏軍還是秦軍，每個人都驚呆地看著這樣的一幕，這是許久沒有經歷過的一場曠世的大戰。

突然，許褚長刀脫手而出，激射馬超面門，乘馬超大槍一舞之際，棲身而入，縱馬跳躍，雙掌猛然揮出，整個人飛在半空中，猶如一尊神祇壓向了馬超的胸膛。

馬超單手握槍掃開古月刀，右手化作劍勢，以豪壯、寂寞、傲骨、決斷之勢攔住許褚雙掌，兩人同時一晃，噴出一口鮮血。

此時空中一道閃電劃過，大雨滂沱而下！

戰馬交錯而過之際，許褚接住飛出的古月刀，重新回到馬背上，用力一夾馬腹，與馬超擦身而過，回到了虎牢關下。

望著許褚的背影，馬超抹去嘴角的血絲，嘆道：「果然是員猛將，虎癡名不虛傳……」

許褚的嘴角也是血絲直淌而下，激戰中，他受的傷比馬超要重得多。他看了一眼這令人詛咒的戰場，不禁說道：「馬超果然驍勇，若不先收拾了他，只怕韓浩、史渙都會心驚膽戰，更別說那些士兵了……」

大雨滂沱，傾盆而下，沖刷著這個大地。

「嗤啦！」許褚單手抓住自己胸口的衣襟，將濕漉漉裹在身上的上衣給撕了下來，揚手扔在地上，對馬超說道：

「好一個馬超！敢再和我戰個一百回合嗎？」

「有何不敢？」馬超毫不示弱，立刻回道。

許褚道：「好，你且等我入城換馬再戰，你也可以換上另外一匹戰馬！」

「好，我等你！」

許褚轉身朝虎牢關上喊道：「開門！」

虎牢關的城門立刻被打開了，許褚策馬走進虎牢關裡。

韓浩、史渙已經來到門洞裡，見許褚受了輕傷，說道：「許將軍，馬超驍勇，不可再戰，馬超所帶來的都是騎兵，根本無法攻關，不如許將軍就留在關內，和我等緊守關隘，等曹將軍帶援軍到來之時，再戰不遲……」

「我許褚豈是怕死之人？好不容易遇到了馬超這個強勁的對手，今日若不分出個勝負，只怕會遺憾終生。備馬，我要再戰馬超！」

韓浩、史渙二人見許褚動怒，癡狂的性子上來了，無奈之下，也只得按照許褚所說，吩咐人去準備五匹上等的戰馬，以供許褚大戰換馬用。

虎牢關外，馬超回到了本陣，錢虎、張繡急忙接應，見馬超嘴角流血，急忙勸說道：「大王，許褚驍勇，虎癡之名天下皆知，若是力拼下去，唯恐會兩敗俱傷……」

「閉嘴！本王難得遇到如此強勁的對手，豈能就此輕易放過？前次所遇燕國趙雲，卻被趙雲跑了，未能如癡如醉的酣鬥一場，今日遇到了魏國虎癡，本王定要取下他的人頭，當做入主中原的第一功！本王已經決定了，汝等休得再言，違令者斬！」

馬超捂著胸口，只覺現在體內還有點氣血翻湧，他也覺得許褚確實是個強勁的對手，但目前已經騎虎難下，如果不能當著他部下的面斬殺許褚，實在是最大的恥辱，那麼他神威天將軍之名就會毀於一旦。

張繡皺起眉頭，他和許褚交過手，深知許褚的實力，但是見到馬超下了死令，便緩緩地說道：「大王，若要斬殺許褚，屬下倒是有一計，既能滿足大王酣鬥的心願，又能將許褚就此除去！」

錢虎催促道：「快說快說……」

馬超面容不改，但是也沒有表示反對，只是靜靜地坐在那裡，一言不發。

張繡見馬超如此模樣，便知馬超默許了，緩緩說道：「許褚驍勇，乃魏國雙絕之一，若是他被圍了，魏軍豈能見死不救？只要魏軍一出關，末將便率領鐵騎衝殺，到時候大王酣鬥許褚，拖住許褚，我和錢將軍一起率兵叩關，只要能奪了關門，攻克虎牢關不在話下。」

「好，虎牢關守將韓浩、史渙雖然也是勇猛之人，但若論武力，肯定不如你們兩個，你們率部衝關，我纏住許褚，奪了虎牢關，我軍便在關內休息，等父親率領大軍一到，便可直接殺奔魏國，席捲中原，收復那些叛臣賊子的所占領的大漢的領土！」馬超大讚道。

張繡、錢虎二人齊聲抱拳道：「諾！」

這時，虎牢關的大門重新打開，許褚、韓浩、史渙三人率領著五百騎兵出關，許褚光著上身，手拿古月刀在前，韓浩、史渙則帶著五百騎兵守衛在許褚的身後，為許褚壓陣。

「大王，許褚出來了！」張繡提醒道。

馬超翻身上馬，對張繡、錢虎道：「一會兒見機行事！」

「諾！」張繡、錢虎同時答道。

許褚再次從虎牢關裡策馬而來，臉上多了幾許陰沉，光著上身，露出了結實的肌肉，虎目怒嗔，鬍鬚倒立，雙眸中射出道道精光。

「許將軍，萬事小心，若有不妥，請立即回來，我和史渙在此為你壓陣。當然，若能擊敗馬超，固然最好，那麼他的部下就會心有顧忌……」韓浩在許褚身後提醒道。

許褚點點頭，二話不說，向前策馬而出，手中提著古月刀，猛地深吸了口氣，吼道：「馬超小兒！速速前來受死，你仲康爺爺……」

「死胖子！你休得猖狂！看我取你狗頭！」馬超挺槍策馬而出，直接打斷了許褚的話。

戰鬥一觸即發！

馬超和許褚刀槍並舉，一經交手，便立刻形同水火，互相纏鬥在一起，你來我往互不相讓。

張繡、錢虎、韓浩、史渙等人看得真切，見到馬超、許褚的戰鬥，都驚得目瞪口呆。這是一場大戰，許久沒有看到過這種大戰了，每個回合都很驚險，一出手便是置人於死地的殺招。

馬超和許褚戰到二十回合不分勝負，可是馬戰所消耗的不僅僅是人的體力，更有戰馬的體力，相比之下，戰馬的體力消耗更大，只二十個回合，戰馬就已經吃不消了，累得氣喘吁吁。

「換馬再戰！」馬超舉起長槍，遙指許褚，大聲地喊道。

「好！」許褚大吼一聲，和馬超一起換了一匹馬，換過之後，兩人又再次纏鬥在一起。

大雨滂沱，沖刷著大地，地上的積水一時流淌不及，很快便形成一片沼澤。

從早晨到中午，馬超和許褚一共進行了一百回合的大戰，仍未分出勝負，期間連續換了六匹戰馬，兩個人也累得夠嗆。

「錚！」一聲巨響在曠野中響起，馬超和許褚再次分開，兩個人騎在馬背上，都是氣喘吁吁的，身上的衣服早已經被雨水打濕，所有在雨中站立的人也都是濕漉漉的。

「虎癡果然名不虛傳，沒想到居然會如此的厲害……」馬超看著對面的許褚，心中暗暗地想道。

許褚大口大口喘著氣，提著古月刀的手也開始在發顫，怒視著對面的馬超，心中暗暗地想道：「馬超英勇，不亞於當年的呂布，小小年紀竟然有如此的能耐，實在令人匪夷所思……」

稍微歇息了一會兒，馬超和許褚再次刀槍並舉，又纏鬥在一起。

剛鬥了不到十個回合，恢復元氣的許褚突然縱身跳躍，手中古月刀在空中一番狂舞，連續朝著馬超劈出了十八下，一道道凌厲的氣息向馬超逼去，天地十八斬再次施展了出來。

馬超看到這一幕，心中一凜，見許褚刀法迅疾威猛，亮銀槍拿捏在手，左手猛地拍了一下馬鞍，整個人騰空而起，雙腳輕點一下戰馬的頭顱，身體猶如螺旋狀般迅速旋轉，和亮銀槍形成一體，猶如一個陀螺，朝許褚疾速的刺了過去。

許褚的天地十八斬大開大闔，刀氣縱橫，勢不可擋。可他見到馬超的舉動，登時大吃一驚，只見馬超像一根極細小的銀針，朝自己的胸口刺了過來。

他的天地十八斬意在鋪天蓋地的一陣猛擊，讓對方無從抵擋，這個時候卻也是他防守最薄弱的時候，他看到馬超不顧一切的集中在一點進行攻擊，二話不說，立刻收回古月刀，天地十八斬剛剛劈出第十斬便立刻戛然而止，擋在胸前。

「錚！」一聲巨響，亮銀槍的槍尖和古月刀寬大的刀面碰撞在一起。

許褚只覺得一股巨大的力道壓迫著自己，刀面立刻貼到了胸口，他見馬超收回亮銀槍欲進行刺殺，急忙刀勢下沉，虛晃地劈出一刀。

馬超見狀，放棄了刺殺，急忙去抵擋許褚的一刀。

兩個人有驚無險的再次分開，同時落在積滿雨水的地上，轉過身子，目視著對方。

「好槍法！除了呂布，天下竟然還有能將螺旋突刺施展到如此境界的人，實在令人佩服！」許褚心中生出佩服之意。

馬超道：「什麼螺旋突刺？這是我自創的**暴雨滅魂槍**！」

「不管是什麼，我都對你這個小娃娃很是佩服，你的實力驚人，但是氣力不佳，攻擊起來缺少了點力度！馬兒，接下來，我就不再讓你了！」許褚冷笑道。

馬超早已有了打算，再和許褚這樣糾纏下去，肯定會沒玩沒了，而且他的力氣確實比不上許褚，如此已經接近筋疲力盡了，再戰下去，只怕自己會吃大虧。他想到了張繡說的計策，準備詐敗誘敵。

「來吧！」馬超橫起亮銀槍，大聲地喊道。

「馬兒休得猖狂，今日就是你的死期！」許褚重新抖擻精神，握緊古月刀，快步向著馬超衝了過去。

叮叮噹噹……馬超和許褚進行步戰，十招過後，許褚只覺得馬超顯出的劣勢越來越明顯，心中不禁喜悅萬分。

又過了十招，許褚見馬超力氣暗暗地弱了許多，心中更是興奮不已，暗想自己若是能於陣前斬殺了馬超，定然能夠迫使秦軍退兵。

「虎癡……英雄……咱們改日再戰！」馬超突然閃出了戰圈，提著亮銀槍便朝後跑，直接翻身上馬。

許褚見狀，立刻大叫道：「馬兒休跑！」

馬超見許褚騎上馬匹追了過來，故意放慢馬匹的速度，同時朝張繡、錢虎使了個眼色。張繡、錢虎見狀，立刻會意，同時調轉馬頭，對身後的騎兵喊道：

「撤！快撤！」

一聲令下，三萬秦軍鐵騎統一調轉馬頭，徐徐而退。

許褚看了，臉上揚起得意的表情，哈哈笑道：「馬兒不要走，看我取你馬頭！」

馬超抄起馬項上懸掛著的弓箭，朝許褚虛射了一箭。

許褚揮刀撥開那支飛來的箭矢，心中暗暗叫道：「看來馬兒果然疲憊了，就連射出的箭矢也沒有力道了，天助我也！」

「駕」的一聲大喝，許褚越追越快，很快便跟著馬超而去。

虎牢關下，韓浩、史渙看到這樣的一幕，都面面相覷。

突然，韓浩說道：「不好！**許將軍中計了！**」

史渙問道：「何以見得？」

「你看秦軍退兵時的姿態，步調一致，異常的整齊，倘若真是兵敗而退，豈有如此模樣？豈不聞兵敗如山倒之說，秦軍就連退兵也非常一致，可見早已安排好了，**這是在誘敵深入**，快跟我追上去，攔下許將軍！」韓浩頗有將才，看到這一幕，立刻發現了端倪。

史渙一聽，二話不說，立刻策馬狂追，同時大聲呼道：

「許將軍，小心敵人奸計……」

韓浩策馬而出，帶著部下的五百騎兵和史渙一起追了上去。

風聲鶴唳，暴雨傾盆。許褚的目光只盯著馬超一個人，立功心切，哪裡還顧得上其他的事情，飛一般的朝著馬超追了出去。

追了不到五里，馬超突然停了下來，調轉馬頭，勒馬等待在那裡，見許褚過來，臉上浮現出一絲笑容，將亮銀槍一舉，道路兩邊立刻現出百餘精騎，左邊錢虎，右邊張繡，兩個人合二為一，擋住了許褚的去路，馬超身後的騎兵也都停了下來，紛紛調轉馬頭，和馬超一起向前衝去。

許褚見狀，大吃一驚，方才知道自己上當了，亟待轉身時，卻見張繡、錢虎擋住了去路，而馬超又勢不可擋的殺了過來，他不驚不慌，沉著冷靜，第一個念頭就是往回殺。

「擋我者死！」許褚調轉馬頭，揮舞著古月刀，朝張繡、錢虎等人大喊道。

張繡先前敗了一陣，這時又和許褚狹路相逢，他打起了十二分精神，迎面對擊。

「有功豈能你一個人貪？」錢虎突然舉著彎刀從張繡身邊竄了出去，勢要趕在張繡前面斬殺許褚。

許褚見錢虎在前，張繡在後，兩人身後還有百餘精騎，絲毫沒有畏懼，在與錢虎交馬的一瞬間，古月刀突然朝錢虎面門上急射而去。

錢虎一驚，急忙舉起彎刀防禦，哪知許褚竟然從馬背上騰空而起，一腳便將他給踹下了馬背。

許褚奪了錢虎座下馬，長臂伸到地上撿起古月刀，俯身在馬背上，調轉馬頭，直奔張繡。

張繡毫不示弱，手中銀蛇槍連續刺出，勢要逼迫許褚停下，哪知許褚突然下馬，和馬匹同步行走，在馬匹的遮掩下，竟然從張繡身邊掠過，待離開之際，重新翻身上馬，古月刀起，幾顆人頭落地，斬殺幾名精騎之後，迅速突出了包圍。

馬超見許褚竟然衝了出去，大怒道：「追上去，不要讓許褚跑了！」

張繡率領百名精騎在許褚身後窮追不捨，追出不到二里，但見韓浩、史渙二人率領五百騎兵趕來。

「韓浩、史渙，救我！」許褚見韓浩、史渙二人帶兵前來，立刻叫道。

韓浩、史渙急忙勒住馬匹，做好戰鬥準備，朝許褚喊道：「許將軍快點過去，追兵我們抵擋。」

許褚快馬狂奔，一溜煙便從韓浩、史渙等人讓出來的道路中駛過。

張繡見許褚跑了，韓浩、史渙擋住去路，氣得吼道：「讓開！」

韓浩、史渙哪裡肯讓，二將率部迎住張繡帶領的百騎，頓時混戰起來。

張繡立功心切，當下百鳥朝鳳槍使了出來，一條槍，一匹馬，一個人，直接挑開了韓浩、史渙的兵器接連刺死十幾名魏軍騎兵，獨自一人追著許褚。

這邊張繡剛剛衝殺過去，那邊馬超率領大軍殺奔而來，韓浩、史渙二人心知抵擋不住，立刻下令撤軍。

馬超、錢虎一路掩殺，三萬鐵騎滾滾而去，勢不可擋，追著韓浩、史渙二人直奔虎牢關。

許褚奪了錢虎的馬匹，那匹馬馱著許褚，腳下生風跑得飛快，很快便到了虎牢關下。虎牢關上的士兵看到許褚回來，立刻打開城門，等許褚進入虎牢關後，又把城門給關上了。

張繡追到虎牢關下，見關城上放下箭矢，他用銀蛇槍進行一番遮擋後，便退到箭矢射程之外。回頭看見韓浩、史渙帶著四百多騎殺奔來，馬超又在後面窮追，立刻將矛頭指向韓浩和史渙。

許褚進入城中之後，透過城門的縫隙看到韓浩、史渙被馬超窮追，當即對把守關門的校尉喊道：「全軍集結，給我一起殺出去，解救韓浩、史渙兩位將軍！」一聲令下，虎牢關關門再次打開，許褚一馬當先，帶著身後的千餘馬步軍迎著馬超的軍隊便殺了出去。

張繡正殺得興起，忽然聽到身後的動靜，回頭望見許褚帶兵奔馳而來，他急忙朝邊緣殺了出去，力求和馬超、錢虎會合到一起。

「全部誅殺，一個不留！」

馬超看見魏軍出關迎戰了，臉上帶著喜悅，這正是他要的效果，高興之餘，便大聲地喊道。

秦軍將士聽到馬超的喊聲，每個人都顯得精神抖擻，每一個騎兵都像一頭凶猛的惡狼一樣，直接撲向魏軍的陣營。

「砰！」一聲巨響，秦軍的騎兵和魏軍的騎兵撞在了一起，最前面的騎兵立刻人仰馬翻。

混戰一觸即發，在滂沱的大雨裡，只看到一個個騎兵前仆後繼，地上的積水很快就染成了紅色，馬匹倒地，人員墜馬，很快虎牢關下就成了一片血沼。

馬超正奮勇的殺敵，他一步一步地逼近在不遠處的許褚，長槍所到之處，人皆落馬，鮮血如注。

天空中閃電不時的劃破著長空，雷聲隆隆，滾滾入耳，喊殺聲混雜在雷聲之中，震耳欲聾。

「許褚！」馬超見許褚連續砍死自己的好幾個部下，當即怒吼道。

「哼！」許褚見馬超就在自己不遠處，中間隔著十幾個人，便冷笑了一聲，環視周圍，見魏軍將士越來越少，而秦軍的騎兵越戰越勇，他深知秦軍的厲害，便立刻叫道：「全軍撤退，退回關內。」

韓浩、史渙見張繡越戰越猛，聽到許褚的喊聲，便隨之撤退，撇下張繡，直入虎牢關。

魏軍這一撤退不要緊，正中秦軍下懷，秦軍在馬超、張繡、錢虎的帶領下，勢不可擋地衝殺著，魏軍一撤退，秦軍立刻撲殺上去，一點也不給魏軍喘息的機會，緊緊地跟在魏軍身後，讓魏軍一時間來不及關上城門。

馬超一馬當先，第一個馳入虎牢關的城門，身後張繡、錢虎等騎兵都絡繹不絕地殺了過去。

「放箭！」許褚進入虎牢關後，見馬超尾隨了過來，立刻朝站在城樓上的弓箭手大聲喊道。

「嗖！嗖！嗖！」一支支箭矢凌空飛下，可是在這大雨滂沱的天氣裡，箭矢的力道受到了不小的影響，剛一射出去，便被雨點給打沉了下來。

「衝！衝進去，全部殺光，一個不留！」馬超揮舞著亮銀槍，朝身後的部下大聲喊道。

張繡、錢虎立刻各自帶領著一撥人，躍馬上了城牆，將守衛在城牆上的弓箭手全部殺死。

虎牢關內混亂一片，許褚、韓浩、史渙且戰且退，見抵擋不住秦軍的攻勢，不得已之下，只能撤出虎牢關，一溜煙朝陳留方向跑了過去。

馬超帶兵追逐了一段路，沒有追上許褚等人，最後退了回來，收拾了一下虎牢關內的殘局，將「魏」字大旗全部砍倒，換上了秦軍大旗。

說也奇怪，這邊戰事剛結束，那邊大雨便漸漸地停止了，過不多時，太陽又從黑暗的雲層裡擠了出來，繼續用它的光芒普照著大地，而遙遠的天邊則出現了一道彩虹。

傍晚時分，地上的積水基本上已經沒有了，虎牢關內外卻是屍體橫陳，在虎牢關外的一座山上，堆放著成百上千的屍體，秦軍的將士正手持著火把，將其全部焚毀。

熊熊烈火開始蔓延，戰後的虎牢關上空籠罩了一團濃煙，由於戰鬥是在雨中進行的，所以虎牢關的牆上並沒有什麼血跡，就連地上的血泊也被沖刷的無影無蹤。

這時，從西方的道路上，滾滾而來一批士兵，同樣打著秦軍的大旗，但是與之前的清一色騎兵相比，裝備和士兵的強壯就顯得弱了許多。

一個身穿長袍的中年男人騎在一匹戰馬上，正目不轉睛地打量著前方的一切，在他的身後，是一隊穿著華麗，持戟的士兵，士兵分散在一輛罩著華蓋的大型馬車兩邊，十六匹清一色的栗色戰馬拉著那個華蓋馬車，緩緩地向前行駛，馬車上端坐著一個身穿龍袍，頭戴龍冠的白淨少年。

「王司徒，前面就是虎牢關了嗎？」

身穿龍袍，頭戴龍冠的白淨少年掀開了窗簾，對行走在車輛最前面的那個騎馬的中年男人喊道。

「是的陛下，秦王殿下已經攻克了虎牢關，目前正在為陛下準備寢宮。」司徒王允滿臉青鬚，身材魁梧，停住了前進中的馬匹，畢恭畢敬地回答道。

那坐在華蓋大車裡的少年正是**當今大漢的天子——劉辯**。

劉辯自從做了皇帝，先是受到何進擺布，又受到董卓的威脅，後來在函谷關幸虧馬超殺了董卓，在馬騰父子的幫助下，他落腳長安，在長安安安穩穩地當他的皇帝，養尊處優了許多年後，忽然想起舊都，便下令讓馬超率兵東進，占領司隸。

可巧馬超也正想入主中原，二話不說，當下應允，親率三萬鐵騎在前，而讓王允、楊彪、陳群等公卿率領步兵在後，一面押運糧草，一面護衛劉辯。

「秦王勇武，朕就知道，他不會辜負朕對他的厚望的。只是，洛陽舊都殘破，已經無從下腳……」

王允道：「陛下，司隸連續遭逢戰亂，百姓流離失所，早已遷徙到其他各州郡去了，如今陛下蒞臨司隸，要想恢復舊都，只怕還需要好幾年的光景，秦王的意思是，帶陛下去魏國的昌邑，聽說昌邑城之大，堪比當年舊都……」

「嗯，朕也想去昌邑看看，在長安住得太久了，這還是朕第一次出來走動。自立為王的曹操若是聽聞朕去了，不知道做何感想……」

王允道：「陛下放心，秦王的意思是，天子巡幸和討伐曹操同時進行，這樣，那些自立為王的人就沒有口實了，若是敢違抗，就是造反，陛下可下詔號令天下諸王一同討伐。」

「妙極妙極，秦王當真想得深遠，快走快走，朕要去虎牢關見秦王。」

「諾！」

王允答應了一聲，下令繼續前行，一方面派遣斥候去虎牢關通知馬超。

他悠閒自得的騎在馬背上，心中想道：「秦軍東進，秦王又有天子在手，號令天下誰敢不從？收復中原之日，指日可待。何況，涼王率領十萬西涼鐵騎已經進駐關中，抵達中原之日更是不遠，到時候那些自立為王的諸王們，哪個敢不聽從天子號令，就是造反，以天子之令，予以誅殺，實在是上善之策……」

劉辯坐在華蓋大車上，心中對中原充滿了期待。

他做皇帝已經好幾年了，每次聽到馬超說起關東哪個人又自立為王了，他的心裡就很難受。此時，他帶著大軍浩浩蕩蕩的入主中原，一定要剷除那些自立為王的人，然後再讓大漢的天下恢復統一。

第九章

謀反之心

「老夫真是搞不清楚了，這天下到底是姓劉，還是姓馬？」

馬超收起了手中的亮銀槍，呵呵笑道：「姓劉也好，姓馬也罷，總之不管怎麼輪，都不會輪到姓王的。」

「你……你這話是什麼意思？難道你有謀反之心？」

巍峨的虎牢關，所有的將士因為大漢天子的親臨而感到無比的榮幸，在他們的心裡，天子是高不可攀的，平時能見到天子一面，都是很難很難的事情。所以，當天子坐著馬車緩緩地駛進虎牢關時，將士們都爭先恐後的張望。

劉辯走到馬車的旁邊，看到所有的將士都在向他行著注目禮，使他更加的自傲。

「臣馬超，見過陛下。」

虎牢關的城門前，馬超率領張繡、錢虎等數十位將校列隊在那裡，見到劉辯的車駕到來時，馬超便策馬向前，止住了劉辯前進的道路。

一行人停在虎牢關前，劉辯站在馬車上，遙指著虎牢關，大聲說道：「秦王英勇，所過之處無人敢抵擋，朕有秦王當開路先鋒，實在是朕之福氣啊。」

「陛下過獎了……」

馬超依舊身披鎧甲，手拿武器，騎在高頭大馬上面，絲毫沒有下馬拜見的意思，他身後的張繡、錢虎等人也是如此。

王允在劉辯的車駕前，看到馬超和部下都是如此，不禁皺起了眉頭，心中暗道：「馬兒長大了，氣焰囂張更甚了，**只怕陛下此次東巡只是馬兒的一枚棋子，是借天子東巡之名，為他自己謀取中原做個鋪墊**。我身為當朝司徒，夾在秦王和陛下之間，到底該何去何從？」

馬超斜視了一眼不動聲色的王允，沒有予以理會，策馬到劉辯的身邊，對劉辯說道：「陛下，虎牢關的城門窄小，陛下的華蓋大車太過龐大，請陛下下車騎馬，與臣一起入關，這華蓋大車可留在關外，回頭在虎牢關的東門外再建造一個華蓋大車，拉著陛下一路東巡不遲。」

「秦王言之有理，朕這就按照秦王說的去做。」劉辯想都沒想，便直接跳下了車，他那雙一塵不染的龍靴，立刻便沾上了地上的泥巴，雙腳陷在裡面，弄得整個腳踝都是淤泥。

馬超看後，心中冷笑一聲，轉身對部下道：「給陛下備馬！」

王允見劉辯弄得一腿泥巴，從馬背上跳了下來，攙扶著劉辯，對馬超說道：「陛下乃萬金之軀，豈能遭受此罪？秦王殿下……」

「怎麼？陛下都說要騎馬進城了，難道王司徒沒有聽見，想要抗旨不成？」

馬超直接打斷了王允的話。

王允不再說話，心中卻是很不爽，見周圍都是馬超心腹，他只孤身一人，也只能隱忍了。

「王司徒，秦王說得沒錯，這是朕的意思，朕雖然是萬金之軀，難道連下地走路都要人扶嗎？再說，秦王這也是在鍛鍊朕的體能，騎馬射箭都是秦王教給朕的，這兩年來，朕已經很少騎馬了，如今騎馬入城，也無不可。」

劉辯對馬超十分的信任，這幾年來，他一直被馬超「保護」著，不管做什麼事情，都是馬超提前安排好的。

「臣惶恐……」王允俯身拜道。

劉辯道：「無妨，司徒大人也是為了朕著想……」

說話間，馬超的部下便牽來一匹戰馬，向馬超拜道：「秦王殿下……」

「嗯，把戰馬交給陛下後退下！」馬超令道。

「諾。」

劉辯已經很久沒有騎過馬了，在長安的皇宮時，進出都是乘坐步輦，他除了在自己的房間裡走路以外，其他的時間基本上就沒有用過雙腿，此時看到戰馬，心裡充滿了喜悅。

他徑直走到戰馬旁，剛伸出手想去撫摸戰馬的背脊，卻見那匹戰馬受到驚嚇，發出一聲長嘶，兩隻前蹄高高揚了起來。

劉辯嚇得一屁股向後倒去，幸虧王允及時攙扶住，才不至於一屁股坐在淤泥當中，總算挽回了天子的尊嚴。

「秦王殿下，你怎麼可以讓陛下騎這麼頑劣的馬匹？若是陛下有個三長兩短，你怎麼向天下人交代？」王允怒視著馬超，大聲呵斥道。

馬超冷笑一聲，策馬來到王允和劉辯面前，將手中長槍直接刺向了王允。

王允大吃一驚，卻面不改色，身子也沒有躲閃，只是直直地望著馬超，在他想來，馬超雖然隻手遮天，但是還不敢當著劉辯的面隨便殺死公卿。

馬超見王允不躲，及時收住了力道，亮銀槍的槍尖與王允的喉頭只相差一丁點距離。他怒視著王允，道：「王司徒，請鬆開陛下，本王這是為了陛下好。」

王允反駁道：「為了陛下好？你讓陛下騎這等頑劣的戰馬，萬一摔壞了陛下，那又該如何是好？陛下乃是萬金之軀，要是……」

「王司徒！本王清楚的記得，本王在離開長安時和你說過，陛下乃是天下人的陛下，不是你王允一個人的陛下，你沒有必要事事都要替陛下拿主意吧？」馬超打斷了王允的話。

「秦王殿下為陛下拿的主意還少嗎？老夫真是搞不清楚了，**這天下到底是姓劉，還是姓馬？**」

馬超收起了手中的亮銀槍，呵呵笑道：「姓劉也好，姓馬也罷，總之不管怎麼輪，都不會輪到姓王的。」

「你……你這話是什麼意思？**難道你有謀反之心？**」

馬超沒有理會王允，在馬背上朝著劉辯抱拳道：「陛下，臣也是為了陛下好，臣對陛下可是忠心耿耿啊，想當年臣手刃董卓，把陛下從董卓老賊的魔爪裡救了出來，一路帶著陛下來到長安，與臣父涼王殿下共同協助陛下重新建立朝廷威信，若是臣真的有謀反之心，陛下安能活到今日？」

劉辯聽後，點頭附和道：「朕對秦王從未有過懷疑，秦王乃是血性的漢子，做事自然會很熱血，今天的事情，秦王和司徒就不要再計較了，再說，朕也沒有受傷嘛……」

「陛下能夠理解臣的苦心，臣就算死也無憾了。其實，臣這樣做都是為了陛下好。陛下養尊處優，疏於體格訓練，如果連一匹烈馬都馴服不了，又何以馴服天下百姓為陛下盡忠？臣的這一番苦心，還請陛下見諒。」

劉辯道：「秦王，你對朕如何，朕心裡明白，以後就請秦王不要再說類似的話了。朕現在就用秦王教給朕的方法來馴服這匹烈馬，若是朕連這匹烈馬都馴服不了，那朕還怎麼做天子？」

馬超的臉上露出微笑，說道：「陛下言之有理，臣佩服萬分。」

劉辯二話不說，一把推開王允，命令道：「都給我閃開，朕要親自騎上這匹戰馬的馬背，讓天下的人都看看，朕乃是大漢的天子，天子豈有馴服不了的馬匹?!」

王允擔心地道：「陛下，臣覺得這大大的不妥，不如……」

「司徒大人休得多言，朕意已決。」劉辯擼起寬大的袖子，整理了一下頭上戴著的皇冠，貓著腰，便要開始馴服那匹戰馬。

馬超看都沒看，調轉馬頭，對身後的人說道：「來人啊，將那個沒長眼睛的人給我拉下去砍了，居然敢用如此頑劣的戰馬傷害陛下，本王看他是活膩味了！」

一聲令下，兩名武士立刻將剛才那個牽馬的士兵給抓了起來。

「大王，小的冤枉啊，求大王饒命啊，小的不是故意的，求大王饒了小的吧……」

士兵嚇得面如土色，他是按照馬超的意思去做的，可是到頭來卻要面對人頭落地的下場，心中十分委屈，大聲喊冤。

「你放心的去吧，你的家人我會加倍照顧的。」馬超不痛不癢地打斷了那個士兵的叫喊。

那個士兵聽後，立刻止住叫聲，他明白馬超話裡的意思，不再叫喚，朝著馬超拜道：「大王，小的去了。」

劉辯見馬超要殺人，急忙叫道：「秦王，如今正是用人之際，這人身體健壯，又是秦王親衛，殺了可惜，不如讓他戴罪立功，在戰場上多殺幾個敵人，將功補過。」

馬超聽了劉辯的這番話，立刻皺起眉頭，但是對於劉辯的話，也沒有說什麼，只是搖搖手，示意放人。

「我才離開長安兩個月，陛下就像變了個人似的，**難道真的是王允在背後搞鬼？**王允在長安無權無勢，司徒之位早已經被我架空，就連楊彪也是如此，那些心向劉家皇室的大臣已經所剩無幾，若不是他們名聲在外，我早已經將他們統統除去了。陳群說的沒錯，這是一股暗流，我必須重新將陛下掌控在我的手裡。」馬超陰鬱著臉，暗暗地想道。

戰馬原本並不頑劣，是剛才那個士兵用針扎了馬的屁股一下，才使得戰馬受驚，方才有前面的那一齣。

劉辯用馬超教授給他的騎術，根本沒有費什麼力氣就騎上了戰馬的馬背，高興得屁顛屁顛的。

馬超見後，也笑了起來，對劉辯道：「陛下神勇無敵，臣佩服萬分。既然陛下已經馴服了戰馬，天色也不早了，陛下鞍馬勞頓了一天，請關內休息。」

「好，秦王前面帶路。」

馬超轉身向虎牢關裡走去，將亮銀槍高高舉起，列隊在兩邊的將士們立即歡呼道：「臣等叩見陛下。」

「免禮！」馬超搶先回答道。

眾人又道：「謝陛下。」

劉辯絲毫沒有覺得有什麼不妥，反而一臉笑容地道：「不謝不謝……」

王允看在眼裡，痛在心裡，暗暗想道：「**馬超**……果然是**狼子野心**……與其父馬騰相差甚遠，對陛下的恭維也是在表面上的……難道馬騰養了這麼一個兒子，一點都沒有發現馬超的危險嗎？」

一行人進入虎牢關後，馬超將劉辯、王允進行了妥善的安置，讓錢虎去守衛在劉辯身邊，將王允安置在別的地方，並且派人嚴加看管。

入夜後，張繡帶著一個身穿長袍的年輕人走進了馬超所在的大廳，參拜道：「見過秦王。」

馬超看了眼那個穿著文官服飾的年輕人，問道：「長文，一路上可有什麼異常情況？」

被喚作長文的人便是陳群，他字長文，是潁川人，祖父陳寔、父親陳紀、叔父陳諶都是海內知名的大儒，並稱為「三君」，也都在大漢為官，陳群生長在這樣的家庭裡，從小耳濡目染，才華卓越，在長安時，被馬超破格提拔為中書令，專門擔任起草聖旨和傳達天子聖諭的事，可謂是內通外達，在官場上很是圓滑。

陳寔剛遷徙到長安不久便去世了，陳紀、陳諶兩兄弟便遵照陳寔的遺言，不再做官，在長安城裡開設私塾，專心治學，是以陳家逐漸衰落。

直到去年，馬超在城中巡查，無意間遇到了在街坊裡正在舌戰的陳群，見陳群一連戰勝了五個名士，覺得陳群是個辯才，便派人打聽了一下陳群的底細。

一查之下，才知道陳群就是陳寔的長孫，二話不說，立刻破格提拔為主記，之後相處一段時間後，覺得陳群說的話頗有見地，便再次提拔陳群，半個月內，一連讓陳群升了六級，做到了中書令這個最為主要的官職，還不時給予陳家很多好處。

陳群因此感激馬超，死心塌地的為馬超出謀劃策。

「啟稟大王，一路上一切正常，太尉大人和屬下押運糧草，司徒大人護衛陛下，他們兩個人一前一後，並未有什麼來往，除此之外，大王所擔心的那幾個將校，屬下也調查清楚了，他們確實和司徒大人有過來往，而且很是密切。」陳群抱拳緩緩地說道。

馬超不動聲色地道：「長文，這件事就交給你去辦吧，記得一定要做得滴水不漏，就說他們裡通外國，和曹操勾結，借機除去。」

「諾！屬下明白。只是……他們的家人該怎麼辦？」

「斬草除根，一個不留！」馬超回答道。

陳群道：「屬下知道該怎麼做了……大王，如今已經占領了虎牢關，是否等待涼王大軍到來，再行定奪？」

「你怎麼看？」馬超反問道。

陳群答道：「如今大王占據了虎牢關，魏軍敗退，知道大王來犯，必然會嚴加防範，只怕再前進，就會很艱難。與其舉步維艱，不如暫時在虎牢關休整，等涼王的大軍到來，再另做打算也不遲。」

馬超知道陳群足智多謀，對事情的看法也頗有見地，比王允、楊彪那兩個老頑固更加的識時務，見陳群胸有成竹的樣子，不禁問道：

「你是不是已經有什麼主意了？不妨說來聽聽。」

陳群道：「孫子曰『上兵伐謀，其次伐交，其次伐兵，其下攻城』，是故不戰而屈人之兵方是兵法的上上之策……」

馬超知道陳群學識淵博，但是他不太喜歡聽這種冠冕堂皇的話，裝著樣子點了點頭，道：「文長，跟本王說話，你不必如此文縐縐的，直接說你心裡的想法便可。」

「諾！」陳群對馬超確實心存感激，感激到甘願為他驅使，有道是滴水之恩當湧泉相報，這一點陳群做的非常到位。

「坐吧！」馬超抬起手，對陳群心平氣和地說著，感覺像是兩兄弟見面一樣隨和。

陳群坐下之後，便侃侃說道：

「如今天子御駕親征，大王是奉天子令討伐不臣。燕王高飛、魏王曹操、吳王孫堅都是自立稱王，未曾經過天子詔令的頒布，與此形成對比的則是楚王劉備和蜀王劉璋，二劉是漢室宗親，雖然昔年涼王殿下和蜀國之間發生了點摩擦，但總體來說，劉璋的心還是向著天子的，至少天子的命令在二劉那裡還是行得通的……」

「繼續說。」

「從某種意義上來講，他們兩個是經過天子正式冊封的，而且二劉一心向漢，對天子忠心，就可以為大王所利用，完全可以形成盟好關係。這樣算下來，天下就可一分為二，高飛、曹操、孫堅盤踞半個大漢江山，若要逐一進行剷除，或許會很難很難。」

「那你的意思呢？」馬超繼續問道。

「屬下以為，以天子詔書，給天下各王下令，就說天子重返舊都，召集天下各王共聚洛陽舊都，準備舊都重建。在頒布聖旨的同時，必須要做足排場，讓全天下的老百姓都知道天子回到了舊都，以聖旨召集天下各王群策群力。如今天下雖然四分五裂，可表面上仍然是大漢天下，天子仍在，大漢皇權猶在，百姓、文人志士的心裡對大漢多少存有餘溫，必然會引起天下反響。到時候，各王就算想拒絕，也會考慮到違抗聖旨所帶來的後果，必然會全部前來……」

「哈哈哈……文長，你這個計策不錯，召集各王群聚舊都，之後再隨便捏造個罪名給各王，然後讓天子廢除各王，只要各王除去，其餘各國群龍無首，大漢就可以享有太平了……」馬超歡喜地道。

張繡站在一旁，聽到陳群的計策後，輕聲道：「如果各王真的前來了，到時候就由不得他們了。不過，各王身邊都有智謀之士，應該會看穿大王的意圖吧？只怕到時候各王到來的時候，會帶著許多兵馬，那麼，舊都就會再一次成為戰場……」

陳群笑道：「張將軍不必多慮，這正是我所要達到的目的，以我的推算，孫堅、劉璋是不會親自來的，只會派遣使者，高飛、曹操、劉備都在司隸的邊緣，或許會親自帶領兵馬到舊都來，其實只要想辦法先除去一兩個王，再從中挑撥各王之間的關係，使他們形成水火之勢，我們只需坐山觀虎鬥就可以了。何況涼王殿下帶領著十萬西涼鐵騎，在兵力上絕對讓各王感到一定的壓力。」

馬超興奮地道：「就照你說的去做，不管來不來，先用這個計策緩一緩，至少讓天下知道，本王手裡掌控著天子，掌控著朝廷，以後誰敢不聽本王的，本王就打誰！」

「諾！」

隨後，陳群主辦此事，當即草擬聖旨，分派出頒布聖旨的太監，讓他將此詔令送達各國。

燕國，河內郡。

太守府的大廳裡，黃忠、趙雲、甘寧等人朝坐在上首的高飛拜道：「臣等參見大王。」

「免禮。」高飛剛剛抵達這裡，還帶著一絲的疲憊，有氣無力地說道。

「大王，臣已經命人安排好一切，大王一路上鞍馬勞頓，還是早點歇息吧。」趙雲道。

「嗯，這一路上累是累了點，但是卻很充實，自己也親眼見了一些事情，總體來說，還是收穫頗豐。」

高飛說的是實話，從江南一路走回來，不僅帶來了大小喬和甄宓，更重要的是他瞭解到中原的民情，對他下一步有極大的幫助。

「啟稟大王，那支神秘的隊伍，臣查清楚了，是秦王馬超在作祟……」趙雲又道。

「我回來的時候收到消息，馬騰已經率領十萬西涼鐵騎進駐關中，不日即將趕赴洛陽舊都，看來馬氏父子在西北搞的小朝廷要開始行動了。」高飛道。

黃忠抱拳道：「大王，要不要出兵阻攔？」

「師出無名，徒勞無益。再說，馬氏父子這次的矛頭是曹操，不是我們，我們沒有必要加以干涉，姑且隔岸觀火吧，只要嚴防死守黃河渡口即可。」高飛評估後道。

「報……」卞喜人隨聲至，進入大廳道：「大王，聖旨到。」

「聖旨？哪門子的聖旨？一個沒有傳國玉璽的皇帝頒布的詔書也能叫聖旨嗎？」高飛話中帶著幾許譏諷。

「大王，真的是聖旨，從黃河南岸來的……」卞喜剛回來，便立刻恢復了以前的職務，仍然負責整個斥候系統。

「人呢？」高飛見卞喜一本正經地，便問道。

「就在外面，大王要見嗎？」

「人就不見了，把聖旨拿來就是了。」

「諾！」

話音一落，卞喜便退出大廳，再次回來的時候，手裡多了一道聖旨，直接遞給高飛。

高飛接過聖旨，匆匆一瞥之後，便哈哈大笑了起來。

黃忠、趙雲、甘寧、卞喜都面面相覷，不知道聖旨上寫的是什麼，但是見到高飛笑成那個樣子，都感到很好奇。

高飛見狀，將聖旨給他們互相傳閱，一邊說道：「馬兒真是異想天開，居然想用這個方法將各王弄到舊都任他擺布……」

黃忠等人看完後，甘寧發言道：「大王，我看不去也罷，去了反而是凶多吉少，馬超那廝實在太狠了，在魏國的時候，一路燒殺搶掠，弄得屍橫遍野，大王若是去了，那馬超肯定不會放過大王。」

「甘將軍言之有理，我看馬超是自取其辱，其他各王豈能看不出這背後所隱藏的玄機嗎？我看不會有人傻到這個地步……」卞喜也道。

「不！大王若是不去，正中馬超下懷，普天之下莫非王土，率土之濱莫非王臣，這天下仍舊是大漢的天下，大王名義上還是天子的臣子，如果違抗聖旨，只怕會給馬超留下口實，並且天下百姓又將如何看待大王？」趙雲持不同意見。

黃忠聞言道：「大王，我同意趙將軍的看法。燕國才草創數年，而大漢已經存在二百多年，天下百姓莫不是對漢室心存牽掛。大王自立為王，燕國境內的百姓沒有什麼怨言，那是因為大王將燕國治理得好，他們覺得大王應該登上王位，可是這次不一樣，大王如果違抗聖旨，只怕那些心存漢室的百姓和仁人志士都會對大王嗤之以鼻，對燕國以後的穩定很有影響。」

這時，從大廳外面走進來一個人，那人一進大廳便道：「黃、趙二位將軍言之有理，臣以為，大王應該去，不僅要去，而且還要浩浩蕩蕩的去，最好讓全天下的人都知道，大王是去解救天子的。」

高飛見那人進來，驚喜道：「公達，你怎麼來了？」

來人正是荀攸，他還沒有進大廳便聽到了裡面的對話，所以說出了剛才那番話。

「臣荀攸，參見王上。」荀攸走到高飛面前拜道。

「免禮。你突然到這裡，是不是有什麼要事？」高飛把荀攸留在薊城，所以對於荀攸的造訪有點意外。

荀攸道：「臣是奉了軍師之命，專程來迎接王上的。」

「你說浩浩蕩蕩的去，是什麼意思？」高飛對荀攸很信任，直接切入正題。

荀攸慷慨激昂地道：「人未行，先把聲勢造出來，讓全天下的人都知道，大王是一心向漢的。洛陽舊都殘破不堪，司隸一代已經成為無人之地，要想恢復昔日的繁華，沒有個十年八年的建設根本不行。所以，屬下建議，大王應該趁著這個機會，將皇帝陛下給搶過來，安置在薊城，憑藉著黃河天險，挾天子以令天下，普天之下，誰敢不從？」

高飛對荀攸很信任，而且荀攸的計策確實很符合這個時候的背景。他遙想起歷史上真實的事件，是曹操挾天子以令諸侯，後來曹操直到死也沒有當皇帝，並不是他不想當，而是當時對大漢還抱有一線希望的人多不勝數，加上他自己也垂垂老矣，就算當上皇帝，也活不了多少年了。

「大王，臣覺得荀軍師說的言之有理，我們手中已經有了傳國玉璽，如果再把天子弄過來，那麼薊城將會成為天下的中心，大王再想攻打誰，就可以直接以天子的名義下達聖旨，看誰敢違抗？」黃忠說道。

「挾天子以令天下……」趙雲反覆的在嘴裡唸了幾遍，道：「大王，臣覺得此法可行。不過，卻有一個顧忌。」

「什麼顧忌？」甘寧聽後，立刻問道。

「臣覺得這是一個好事，也是一個壞事。如果陛下真的到了河北，大王自然可以權傾朝野，將大漢的皇權玩弄於股掌之間。可是，如今大王已經登上了王位，王位和天子只差一步，大王在燕國是最大的，無論是百姓、士兵，還是文武百官，大家都對大王忠心耿耿。可如果忽然弄來了一個大漢的天子，勢必會引起一些人的心思浮動，當大王奪取天下之後，要稱帝時，那大王將何以處置當今的

天子？」趙雲說出了心中的疑問。

「**殺，則是弒君；不殺，則是後患**，子龍的一席話，倒是將大王弄到進退兩難的地步了。這事情，臣也曾經考慮過，不過考慮利弊之後，**臣還是認為將天子掌控在大王的手裡是利大於弊。**」荀攸道。

作為擁有現代人靈魂的高飛，他的思想是超前的，在他看來，曹操是在挾天子以令諸侯之後才慢慢崛起的，**在古代，凡事都要講究師出有名，所以，當曹操一邊挽著上帝之手，另外一隻手持著上帝之矛時，天下誰敢阻擋？**

挾天子以令諸侯，或者是一個很好的政治手段，高飛決定自己不僅要讓燕國成為軍事強國，也要變成政治強國，那麼，他就需要為自己謀求最正統的政治地位。

他雖然是燕王，可這個燕王是他自己立的，並未接受過皇帝的冊封，從某種意義上來說，他應該是屬於反王，叛逆之人。不過，他有他的優勢，就是他使得所控地域內的百姓安居樂業，所以河北的百姓也成為他最強而有力的基礎，這就叫做**民心**。

「你們的意思我大致明白了，荀攸，你替我起草一道檄文，公布天下，就說我高飛願意自降王爵，仍為燕侯，並且親自趕赴洛陽舊都，覲見當今的天子。」

高飛想了許久之後，突然說道。

「大王，這怎麼可以……」黃忠、趙雲、甘寧、卞喜都異口同聲地說道。

只有荀攸一個人沒有發出疑問，反而說道：「大王以退為進，這招棋走的極妙，相信這道檄文若是發布出去，天下都會為大王的深明大義而感到佩服的。」

高飛嘿嘿笑道：「作秀嘛，就要做得大一點。以前我們面對的是公孫瓚、袁紹、呂布、鮮卑等敵人，他們或是一方霸主，或是一代梟雄，或是異族，但是不管怎麼說，他們都和皇室沾不上邊，但是這次不同，馬超既然用天子當擋箭牌，那麼我們就**應該用天子當一支利箭，用這支利箭去射穿馬超的擋箭牌**。」

甘寧、卞喜沒多少學問，聽得雲裡霧裡的，黃忠、趙雲則是一知半解，只有荀攸聽得明白，一個勁地傻笑，誇讚高飛的英明。

隨後，荀攸便草擬了一道檄文，應允了天子派來的使者，並且派出斥候，將檄文的拓本帶到各國去張貼。

兗州，昌邑城。

「你們都看看，說說你們的意見，馬騰的兒子居然會想到這個方法，實在是太令人匪夷所思了。」曹操坐在王位上，朗聲道。

這邊話音一落，那邊就有人將聖旨拿到文武百官中傳閱。

「大王，這是個陷阱，是鴻門宴，馬超那個臭小子絕對沒安好心，臣以為，這不去也罷。」夏侯惇戴著一個眼罩，首先說道。

「臣贊同夏侯將軍的意見，這是馬超所布下的鴻門宴，不能去，何況馬超在潁川一帶作惡多端，弄得百姓流離失所，他怎麼可能會那麼好心的請大王去舊都商議？若不是大王讓靜觀其變，臣早已經飛到戰場上去和馬超決一死戰了。」曹純不爽地說道。

曹操環視一圈，見有不少人點頭，便道：「誰還有別的意見？」

「大王，臣以為，大王不但要去，而且還應該浩浩蕩蕩的去，帶著大軍，將天子搶過來，然後挾天子以令諸侯，天下莫敢所向，大王也就可以把持朝政了。」荀彧出列奏道。

曹操聽完，當機立斷，下令道：「夏侯惇、曹純、曹休，你們三人各自率領三百虎豹騎奔赴陳留，本王率領大軍隨後就到。」

夏侯惇摩拳擦掌了一番，開心地道：「終於可以上戰場了，這次我一定要砍下馬超的頭顱……」

「不可大意，聽說許褚曾經和馬超在虎牢關前大戰了許多回合，能與許褚相戰數百回合的，除了已故的呂布和大王身後的典將軍外，我還是頭一次聽說。可見馬超武力並不低下，不能大意啊。」荀彧提醒道。

「畏首畏尾，何以成大事！」夏侯惇冷哼一聲道。

荀彧身後站著程昱、劉曄、董昭等智謀之士，他們都一聲不吭地站在那裡。

曹操朝夏侯惇、曹純、曹休擺擺手道：「你們先下去準備吧。」

「諾！」

等夏侯惇、曹純、曹休走了以後，曹操對荀彧道：「剛才的事請不要放在心上，元讓就是那樣的人。請繼續剛才的話題，你說該怎麼樣挾天子以令諸侯？」

荀彧道：「很簡單，就是要把天子給搶過來，將天子控制在自己的手裡，以天子所頒布的聖旨作為攻伐的政令……」

「荀彧，你繼續留在昌邑，籌備糧草，其餘人都跟我走，一起去陳留，本王要親自將天子從馬超的手中奪回來。」

「諾！」

「報——」一個斥候拉著長腔闖進了大廳。

「什麼事?」曹操見那斥候臉上顯得很著急，問道。

「啟稟大王，這是燕王從燕國發出的罪己書，請大王過目。」

曹操看過那封書信後，眉頭突然皺了起來，不解道：「高飛這是要幹什麼?」

說話間，曹操將信讓荀彧等人傳閱。

荀彧、程昱、董昭等人傳閱完畢，亦是面面相覷。

曹操暗暗想道：「高飛自降身分，這可是絕無僅有的事，**難道他已經放棄爭霸天下的雄心了嗎?**」

「大王，高飛以退為進，怕也是衝著天子而去的。我們必須要趕在高飛的前面帶走天子，否則的話，很可能會便宜了高飛。」荀彧說道。

曹操點點頭，二話不說，立刻做出決定，命令大軍集結，分一半給荀彧駐守昌邑，帶一半押運糧草，他自己則親率典韋等五百騎兵先行。

一路上鞍馬勞頓，曹操和典韋等人終於抵達了陳留，曹仁早已接到消息，和先到的夏侯惇、曹純、曹休等人列隊在城門口，歡迎曹操的到來。

大家在城門口一陣寒暄後，曹操便帶著士兵順利的進入陳留，來到大廳裡。

「曹仁，最近秦軍有什麼動向？」曹操問道。

「自從秦軍攻克了虎牢關後，秦軍便沒有任何動靜了。」曹仁答道。

「看來秦軍是在等待援軍的到來，如果真的等馬騰率領西涼鐵騎到了司隸，只怕會亂上加亂。」曹操即刻令道：

「夏侯惇、曹仁、曹純聽令，命你三人各領一支騎兵，在虎牢關附近遊蕩，但是不要和敵人交戰，只是起到迷惑對方的作用。」

「諾！」

曹操又道：「曹休，你可是我們曹家的千里馬，這次是你第一次出征，我有一項非常特別的任務要交給你，不知道你是否願意接受？」

曹休二十出頭，是一個年輕的少年郎，抱拳道：「請大王放心，無論什麼任務，我都能讓大王滿意的。」

「很好，你即刻帶領五百虎豹騎，偽裝成秦軍，潛伏在虎牢關以東的黃河南岸，一旦發現有燕軍渡河，就立刻予以攻擊。」曹操道。

曹休不解地問道：「大王，我們和燕軍不是已經簽訂了盟約嗎，為什麼還要進攻他們？」

「盟約不過是緩解一時的做法，再說，燕軍始終是一個強勁的對手，絕對不

能讓他們從虎牢關以東進入中原，否則後患無窮。」

曹休又問道：「可是，黃河岸線太長，我又怎麼知道燕軍從哪裡渡河？」

「這裡！」曹操抬起手，指了一下背後掛著的地圖，很肯定的道。

「卷縣？」曹休狐疑地道：「大王怎麼那麼肯定燕軍一定會從這裡渡河，為什麼他們不走孟津渡，攻擊馬超背後呢？」

曹操對曹休的疑問並不厭煩，他非常喜歡這個年輕人，當曹休像是自己的兒子一樣對待，加上曹休有將才，曹操一心想把他培養成獨當一面的大將，所以基本上對曹休所提出來的疑問都一一作答。

「卷縣北瀕黃河，為河津要地，向南不到百里便是**官渡**，官渡是屯兵的好地方，一旦燕軍渡過黃河後，必然會選擇此地進行屯兵。如果燕軍屯兵在官渡，那麼對我軍就會大大的不利。你看官渡所處的位置，正好是陳留、潁川、虎牢關的正中，可以很好的扼制三地的兵馬調動。」

曹操解釋道：「燕軍雖然可以強渡孟津，但是據悉馬騰的十萬西涼鐵騎正浩浩蕩蕩的從關中趕來，怕就怕馬騰已經率領前部秘密到達了司隸，如果見到燕軍渡河，必然會擊其半渡，到時候燕軍必然會損兵折將。」

曹休聽完，抱拳道：「大王，屬下懂了，為了安全，燕軍便會放棄走孟津渡，而走卷縣。另外一方面，或許是因為我們和燕軍簽訂過盟約，彼此可以互相照應，對吧？」

曹操見曹休思路清晰，滿意道：「真不愧是我曹家的千里駒，舉一反三，一點就通。嗯，你去吧，卷縣沿岸只有一個地方可以靠岸，其餘都是險灘，五百虎豹騎足夠了。」

「諾！屬下告辭。」曹休應聲離去。

曹操轉頭對站在一旁的程昱說道：「仲德，你即刻派人去潁川，通知徐庶積極備戰，讓他把大軍屯駐官渡，這次我要將天子給搶到手！」

程昱擔心地道：「王上，潁川兵馬一直用來防守屯駐在南陽的關羽，如果輕易調離，會不會遭到關羽的偷襲？」

「呵呵，天子以聖旨下令邀請天下諸王齊聚司隸，劉大耳朵自詡為漢室後裔，必然會欣然覆命，關羽亦會隨行，就算他要帶兵馬去司隸，也只會走魯陽，經陽人聚、伊闕關進入司隸，不會經過魏國之地，大可不必擔心。」

「話雖如此，不過劉備此人過於奸猾，這兩年來，表面上看著沒有什麼動靜，實際上卻在暗中招兵買馬，不得不防啊。」程昱擔憂道。

「這個不用擔心，徐庶自然會安排好一切的。」曹操道。

程昱不再說話，「諾」了聲，便退出了大廳。

「傳令下去，明日辰時，大軍開赴官渡。」

荊州，襄陽城。

剛剛接到聖旨的劉備坐在王座上，臉上帶著極大的喜悅，雙眸中也流露出一絲異樣的光芒，環視了一下站在大殿中的諸位文武，卻不說一句話。

「大王，聖旨已下，不知道大王將做何打算？」伊籍首先打破大殿上的沉悶，問道。

劉備此時紅光滿面，身體也有點發福了，這兩年當上楚王之後，生活過得好了，吃好的，喝好的，養尊處優的，能不胖嘛。同時，他對荊州的控制也達到了前所未有的地步。

荊州勢力錯綜複雜，門閥關係林立，劉表時，荊州只是表面上是一體的，實際上卻是分裂的，可是現在不一樣了，經過兩年的發展，劉備恩威並用，已將整個荊州完全的掌控在自己的手裡，荊州士族都被他給團結了起來。

不得不說，劉備確實是一個很有能力的人，**他的能力不是突出在軍事和政治上，而是在駕馭人的能力上。**

「天下興亡，匹夫有責，何況本王又是漢室後裔，身體裡流著皇室的血脈，天子下令召見，本王豈有不去之理？」劉備道。

「可是大王，天子是被馬騰父子給控制著的，可以說，此次的聖旨，應該是馬騰、馬超所為，打著幌子讓天下諸王去共商大計，實際上是想借機除去天下諸王。這是一個典型的鴻門宴，去了只怕會凶多吉少。」伊籍道。

劉備是何等人物，那是打不死的小強，多少次瀕臨死亡的關頭，他都能逢凶化吉，如果他連這點危險都看不出來，他就不是劉備了。

他不動聲色，看了一眼站在最前面的許劭，問道：「相國有什麼高見嗎？」

許劭自從歸順劉備以來，便一直很受劉備的重用，劉備當上楚王之後，便立刻任命許劭為相國，一來是因為許劭名聲太大，二來是因為沒有人比許劭更有資格做相國了，雖然說劉備這兩年在荊州親自招攬了一批人才，可畢竟都是年輕人，不如許劭穩重。

「啟稟大王，臣以為，**明知山有虎，偏向虎山行，才是英雄本色**。」許劭不痛不癢地說道。

伊籍反駁道：「相國大人，你這樣說話，豈不是要將大王置於險地嗎？」

許劭道：「呵呵，伊別駕請放心，大王此行有驚無險，馬超的本意不在大王

身上，自然不會對大王下手。何況，這兩年大王一直派遣使者奔赴長安，馬超又不是瞎子，怎麼可能看不到大王對天子的忠心。從某種意義上講，馬超或許已經將大王認為是同一戰線的盟友了。」

劉備聽後，緩緩地道：「伊籍，即刻傳令下去，讓荊南都督張飛回襄陽來，荊南四郡的一切事情全部交給諸葛瑾處理。另外，給關羽一道密令，讓他選拔一些精銳士卒，準備去司隸。」

伊籍見劉備下了決心，也不再說什麼了，抱拳道：「諾！」

「相國，馬氏把持朝政已經很久了，馬超更是將天子玩弄於股掌之間，天子蒙塵，本王作為漢室後裔，豈能置之不理?!本王想趁著這次機會，將天子迎到襄陽來，不知道相國以為如何？」劉備說出了心中的想法。

許劭早已經了然於胸，緩緩地說道：「大王，臣以為，大王不必操之過急，這個時候，想必聖旨已經傳達給了燕國、魏國，高飛、曹操也都是一方霸主，自然會有同樣的想法，可能已經有所行動了，我們就算再快，也快不過他們。如果大王真想把天子迎到襄陽來，臣倒是有個法子，可以讓大王不費吹灰之力，便可迎回天子。」

「哦？什麼法子？」劉備道。

「呵呵，蜀王劉璋也是漢室後裔，接到聖旨後，必然會欣然前來。聖旨中所定下的時間是下個月初八，距離那個時候還有足足的一個月，足夠劉璋從蜀地到達司隸了。劉璋和馬騰之間曾有過一些摩擦，臣斷定劉璋不會從漢中出發，而是從成都一路向東，經荊州進入司隸。大王可在荊州等候劉璋，然後一同前行。」

「然後呢？」

許劭道：「劉璋無能之主，其才能不及其父，是個自守之徒。前年和馬騰之間的戰爭更是顯示了劉璋的軟弱，在占據優勢的情況之下，居然還不能將馬騰打敗，若不是有關隘阻隔，只怕益州早就被馬騰給占據了。益州沃野千里，成都一帶更是天府之國，益州百姓、人才均思得明主，大王不如就趁著這次機會，殺掉劉璋，將益州占為己有。」

劉備聽後，目光中露出一絲光芒，嘴角浮現出笑意，彷彿益州已經是他的一樣。

忽然，他的笑容散去，問道：「這和迎回天子有什麼關係？」

許劭道：「自然有關係。如果大王同時占據荊州、益州，就會增加迎回天子的實力，大王若取了益州，就等於占有大漢的三分之一。」

「嗯，可是益州也不乏良才良將，劉璋經過荊州，我若將其除去，豈不是在告訴天下人，我劉備是個險惡的人嗎？那我將失信於天下，何人還敢再給我效力？」劉備口是心非地說道。

許劭見劉備如此說，不禁腹誹道：「**你是什麼樣的人，我是不會看錯的**，你嘴上雖然這樣說，心裡卻早已打定主意了吧。」

「好了，今天的事情就到此為止，都散了吧，大家趕緊做好準備，除掉劉璋的事，容本王再想想。」劉備擺手道。

眾人散去，劉備轉身走到後殿，心中暗暗盤算道：「除去劉璋，占領益州，遠比迎回天子重要，許劭這是在暗示我不要迎回天子。不過，他的擔心是對的，一旦天子掌控在我的手中，天下諸王勢必不會服氣，只怕不是我的福氣，而是災難，那麼，**這次洛陽之行，我到底是去，還是不去？**」

第十章

背水一戰

黃河岸邊，曹休帶著五百虎豹騎早已擺開了陣勢，在狹長的黃河沿岸上做出了背水一戰的姿態。見大批秦軍騎兵從密林裡出來，立刻下令道：「放箭！」

五百名虎豹騎暗中扣住了箭矢，聽到曹休一聲令下，便開始進行射擊。

揚州，建鄴城。

早春的揚州已經呈現出一派欣欣向榮的景色，彭蠡澤的岸邊楊柳成排，綠樹成蔭，在一處不大的湖堤上，孫堅騎著一匹駿馬，一身戎裝的正向著彭蠡澤中眺望。

彭蠡澤中，各種大小戰船絡繹不絕，將士們或立於大船之上，或駕著輕便小舟，統一接受著位於船隊正中央的主艦上用旗語發出的命令，縱橫睥睨，頗有一番不可抵擋的氣勢。

「大王，這才短短的半個月，少主竟然能將新組建而起的水軍訓練得如此雄壯，看來，用不到多少時候，水軍便會成為我軍不可或缺的一環。」

張紘站在孫堅的旁邊，看到彭蠡澤中往來衝突的大小戰船，大力稱讚道。

孫堅臉上卻現出一絲憂鬱，轉而變得陰沉下來，皺起眉頭道：「子綱到過荊州嗎？」

張紘搖搖頭道：「未曾到過。」

「荊州水軍天下聞名，昔日王莽篡漢自立，光武皇帝起於微末，統一關東，隨後平定關中、涼州，在準備對盤踞在益州的公孫述發起攻擊時，卻犯了難。蜀地道路艱險，重重關隘阻隔，幸有征南大將軍岑彭建議在荊州訓練水軍，溯江而上。光武皇帝深表贊同，便以岑彭為大將軍，從荊州、揚州招募水性較好的人，在荊州組建水軍，經過兩年的艱辛訓練，終於訓練出一支天下雄獅，以六萬水軍為主，十五萬馬步軍為輔，浩浩蕩蕩的開始攻伐蜀地。

「岑彭所率領的荊州水軍所向披靡，一路上節節勝利，最終攻克蜀地。之後，水軍遣返荊州，荊州水軍也從此名揚天下，從那一刻起，荊州水軍的所有將士均世襲罔替，也是天下最為精要的特殊軍隊，這也是為什麼劉表占據荊襄卻能威懾整個荊州的關鍵所在。」孫堅緩緩地敘述道。

張紘對於東漢開國的歷史自然不會陌生，他也知道荊州水軍厲害，可是到底厲害到何等地步，他卻沒有親眼見過。

聽孫堅給他講述了這一番話後，他便明白是什麼意思了，再看偌大的彭蠡澤上只有二百來艘大小戰船往來衝突，水軍將士也不過才四五千人，與擁有戰船上千艘、將士三萬有餘的荊州水軍相比，確實弱了不少。

他靜靜地觀察著孫堅臉上的變化，小聲說道：「大王，水軍的訓練不是一朝一夕的，少主能在短短的時間內將水軍訓練成如此模樣，已經是很了不起了，相信一年之後，大王再來彭蠡澤觀看時，定然有意想不到的收穫。」

「但願如此吧！」孫堅輕描淡寫地道。

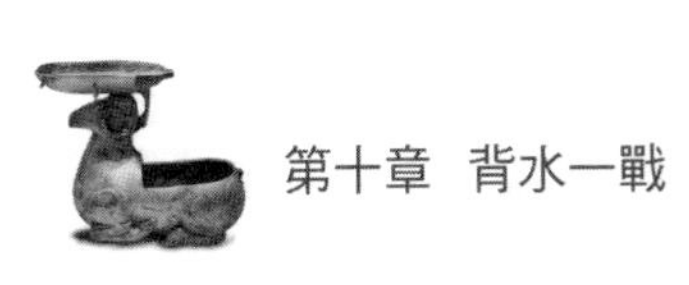

此時，從遠處來了一匹快馬，馬背上的騎士正是吳國**四大將之一的祖茂**。

祖茂腰插雙刀，一身盔甲，策馬狂奔朝孫堅趕了過來。

待到了孫堅等人的面前，便勒住馬匹，翻身從馬背上跳了下來，急忙從懷中掏出一份聖旨來，跪拜在孫堅的面前，朗聲道：

「大王，天子詔書，請過目！」

孫堅聽後，臉上現出一絲喜悅，急忙從祖茂的手中接過聖旨，打開後匆匆一看，那一抹淡淡的喜悅便立刻煙消雲散，忿忿地將聖旨丟在地上，並且用腳使勁的踩了兩下，怒道：「馬騰父子欺人太甚！」

張紘見狀，心知聖旨中所寫並非什麼好事，急忙從地上撿起來，匆匆流覽一遍之後，不禁說道：「大王，**項莊舞劍，意在沛公**。朝見天子是假，借機除卻天下諸王才是真，此行，不可去。」

孫堅道：「天子蒙塵，被馬騰父子掌控，近日突然蒞臨司隸，說什麼要重建舊都，號召天下諸王共同議事。我看，這都是馬騰父子的意思。」

「大王，馬騰身為涼王，一直駐守在涼州，與天子接觸很少，況且當年馬騰為了緩和與關東諸侯的矛盾，讓天子大肆封賞關東群雄為侯，足見馬騰並沒有和關東群雄為敵之意。以臣之見，此事當為馬騰之子馬超所為。如今馬超已經身為秦王，又一直待在關中，和天子朝夕相處，並且把持朝政，可恨者只有馬超一人，與其父馬騰無關。」

「子不孝，父之過！馬騰也難逃干係，為虎作倀，助紂為虐，馬騰難辭其咎，連兒子都管不住，還稱得上什麼狗屁涼王！」孫堅怒道。

張紘道：「大王息怒，這聖旨是以天子的名義所下，不管是否是馬超在背後操縱，大王都應該有所回應，吳國剛剛穩定下來，百姓不希望再看到戰爭，何況荊州的劉備、交州的士燮都不是省油的燈。國不可一日無主，大王應該留守吳國，不可外出，只需派遣一位使臣前去朝見天子即可。」

「以你之見，誰可當為使臣？」孫堅問道。

張紘道：「此人遠在天邊，近在眼前，彭蠡澤中，主艦之上，將字旗下便是。」

孫堅聽張紘說得如此明白，也已經知道是誰了，當即道：「讓伯符速來見我！」

張紘「諾」了聲，立即派人駕駛小船到湖泊中去見孫策。

不多時，孫策、周泰、魯肅坐著輕便小舟來到岸邊，見孫堅、張紘、祖茂等人都在，便拜道：「參見大王。」

「免禮，都坐下吧。」孫堅抬起手，同時指了指自己身邊的草地說道。

孫策、周泰、魯肅都不是拘謹之人，孫堅也不拘小節，便都席地而坐。

「父王傳召，不知所為何事？」孫策問道。

張紘將聖旨遞給孫策，說道：「這是天子詔書，少主請流覽一下。」

孫策接過聖旨，匆匆看了，便直接扔給魯肅，看孫堅怒氣未消，而且聖旨上還有著腳印，心想孫堅已經動怒過了，便淡定的問道：「父王將作何打算？」

孫堅反問道：「你認為本王該如何回應？」

「吳國剛剛從戰亂中恢復過來，百姓安居樂業，正是欣欣向榮的時候，也是蓬勃發展的時機，加上前些日子又和燕國簽訂了商貿往來，如今兩國之間通過海運進行著貿易，在未來的幾年內，吳國或許會有更大的發展前景。

「軍事上，吳國水軍草創，也需要一個穩定的環境，不宜去觸碰任何使得吳國動亂的事情。我知父王心中還存掛著天子，但是縱觀天下已經四分五裂，漢室江山名存實亡，改朝換代也並非不可。天子早已失去了應有的地位，被人把持著，只是一個傀儡。兒臣以為，不去也罷。」孫策答道。

孫堅聽後，對坐在眼前的孫策突然有了一番新的審視，不僅察覺出孫策的雄心，更覺得孫策要比自己沉穩一些，心中暗道：「**我兒才是真正的霸者**，難道我的心已經老了？」

張紘道：「少主，現在怎麼說也是大漢的天下，如果公然拒絕回應天子的詔書，勢必會招來千夫所指。」

「水來土掩，兵來將擋，自從黃巾之亂後，天下疲敝，人口銳減，百姓無不尋求安樂的避世之地，成大事者，就當無所畏懼，雖然一時得不到天下人的認同，但如果真正的奪取了天下，只要對百姓好，自然會逐漸得到百姓的信賴。」

「話雖如此，可是吳國正處在發展階段，不能有任何事情影響……」張紘道。

「那以張大人之見，應該如何是好？」孫策問道。

「少主乃大王長子，身分地位完全可以代表大王，國不可一日無主，大王不能離開吳國，臣以為，少主當代替大王去一趟司隸。一來可以暗中窺視天下各王的心思，二來可以讓少主開開眼界。」

孫策想了想道：「好吧，我正想去會會那個叫什麼馬超的，我倒要看看，到底是何等的人物，竟然能夠將天子玩弄於股掌之中。」

孫堅聽後，看了一眼孫策背後的周泰、魯肅，對孫策道：「此去司隸，恐怕凶多吉少，為了以防萬一，你帶著周泰、魯肅二人上路，另外再挑選精銳士卒一千名隨行。」

「不用了，只要周泰、魯肅二人足矣，人多了反而麻煩。」孫策決斷地道。

「那少主一走，水軍何人當為統領？」張紘問。

「凌操、陳武、董襲、蔣欽四人可代替我統帥水軍。」

孫堅道：「那好，本王即刻封此四人為水軍都統，等你歸來後，再由你統帥水軍。伯符，你何時啟程？」

「越快越好，擇日不如撞日，就明天吧。」

司隸，虎牢關。

關城內所設立的臨時寢宮裡，劉辯正赤身裸體的蒙著眼睛，在寢宮裡像個沒頭蒼蠅一樣亂跑，十幾個宮女也一絲不掛，正在躲躲閃閃。

「美人……美人……你們都到哪裡去了，可別讓朕抓到了，抓到了看朕怎麼收拾你……」

「陛下，我在這裡……」

「陛下，快來抓我啊……」

……

劉辯和宮女們正玩著躲貓貓，那叫一個不亦樂乎。

忽然，劉辯聽到幾聲腳步聲，臉上一喜，身子向前一撲，張開雙臂便抱著了一個人，歡喜地道：「哈哈，你再跑，朕這回可抓到你了，看朕怎麼收拾你。來，美人，先讓朕親一個……」

他剛準備去親時，卻發現不對，心想怎麼還有人穿著衣服啊。急忙鬆開了手，打開眼罩，卻看見抱著的人竟是馬超，他一陣錯愕，急忙後退，呵斥道：「你……秦王……你是怎麼進來的，為什麼沒有人通報朕？」

「陛下，臣已經讓人通報陛下三次了，陛下只顧著和宮女們玩耍，似乎並沒有聽見，臣有急事稟告，也只能硬闖了！」馬超一臉陰沉地望著光著身子躲到一邊的宮女，心中不禁暗罵劉辯「昏君」。

「秦王有什麼急事，快說快說，朕還沒有玩夠呢！」劉辯隨手從地上抓起一件宮女的衣服，遮住了重要部位，問道。

「陛下，聖旨已經悉數發布出去，過不多久，各王就會齊聚司隸，臣請問陛下，當以何地為召見各王的地方？」馬超道。

「舊都已經是一片廢墟，司隸也荒無人煙，朕剛到這裡不久，鞍馬勞頓還沒有休息過來，不如就別動了，就在虎牢關裡接待各王好了。」

馬超賣疑道：「虎牢關關城甚小，豈是接見各王的地方？」

「那秦王以為當選在何處？」

「官渡！」

「官渡？」劉辯一頭霧水地道：「官渡是什麼地方？」

「官渡在虎牢關以東，是一片平原，也是屯兵的好地方，各王前來朝見陛下，必然會帶著兵將前來，正好屯兵在那裡。」馬超道。

「那好，就按照秦王的意思去辦，就選在官渡吧，秦王還有什麼事沒有，要是沒有的話，就請離開吧，朕累了要休息。」

馬超沒有回答，轉身離開了，心中卻有另一番打算，他之所以選在官渡，是因為他父親馬騰帶領的十萬西涼鐵騎已經出了函谷關，不日即到。虎牢關很小，不易屯兵，根本容納不下十萬鐵騎，而且他一心想借著這次機會一舉滅掉天下各王，那麼他就必須動用大量的騎兵。

騎兵作戰，一般以平原為最佳地點，**他選在官渡這個關鍵位置，正是要向天下各王發難**，加上自己帶來的三萬精銳騎兵，十三萬騎兵滅誰滅不掉?!

另外，他因為接到了斥候的報告，說魏軍向官渡移動，有動向表明魏軍屯兵在官渡，而燕軍也開始集結兵力在黃河沿岸，隨時準備渡河，加上陳群所說的官渡的險要位置，他才決定了官渡這個地方。

出了劉辯的寢宮，馬超突然有種想殺人的衝動，心中暗想：「此等昏君，不值得我馬超輔佐，此次趁各王在官渡會盟之後，**大漢將徹底被我顛覆……**」

黃河北岸，兵營林立，岸邊數百艘大小渡船擺放一致，隨時做著渡河的準備。

高飛騎著烏雲踏雪馬，帶著數名親隨，在河岸上逐個軍營的進行巡視，長達數十里的黃河北岸屯駐了五萬大軍，各個軍營裡的士兵都嚴陣以待，等候著命令下達之後，便開始渡過黃河。

高飛巡視完畢之後，策馬進入中軍大營，見荀攸迎了上來，便問道。

「糧草準備的如何了？」

「糧草已經準備妥當，正在運抵此地，估計兩日後天可抵達。」荀攸答道。

「文醜、張遼、張郃、魏延、龐德、陳到、管亥、褚燕、盧橫、高林、王文君等人都可曾到來？」高飛又問。

荀攸道：「陳到、管亥、褚燕、盧橫、高林、王文君已經到了，文醜、張遼、張郃、魏延、龐德還需一些時日，畢竟從塞外到這裡距離太遠，最遲應該和糧草一起抵達。另外，郭嘉、許攸、司馬朗也已經上路了，明日應該就能到達。」

「很好。吩咐下去，大軍這幾日好好的休整一番，除了巡營將士外，其餘的人全部放假三天，不用再訓練了，可以讓他們去打打籃球、踢踢足球，但是，絕對不能擾民，違令者格殺勿論！」高飛一邊脫去身上披著的鎧甲，摘去頭盔，一邊發著指令。

「諾！臣這就去傳令。」

「嗯，你去吧，順便將黃忠、趙雲、徐晃、太史慈、甘寧叫進來。」高飛端起桌上的一碗開水，咕嘟咕嘟的喝了下去。

「諾！」

不多時，黃忠走進大帳，拜道：「臣參見大王。」

「唉！我已經昭告天下，不再是王了，以後等我正式接受天子冊封後，再稱呼我為大王不遲！老將軍請坐。」高飛抬起手示意黃忠坐下。

黃忠是五虎將裡年紀最老的一個，可以說，在高飛的整個將軍體系中，也是年紀最長的一位，所以，高飛對待黃忠就像對待長輩一樣，十分的恭敬。

「主公，我才四十出頭，還不算太老，廉頗七十尚不服老，我這身體還硬朗著呢，請主公以後別叫我老將軍了，就直呼我漢升即可。」黃忠亦反駁道。

「怎麼說你也是長輩，直呼其字不太妥當，那以後我不叫你黃老將軍，將那個老字去掉，如何？」

「呵呵，這樣最好。」

正說話間，趙雲、甘寧兩人同時走了進來，拜道：「臣等參見大王！」

「我不是說過了嗎？以後要改口。」

趙雲、甘寧面面相覷一番後，說道：「諾，屬下明白。」

「都坐吧，等徐晃和太史慈到了，我們就開始開會！」

過了一會兒，徐晃、太史慈陸續到來，高飛見五虎將都到齊了，便道：「好，人都到齊了，現在就開始戰前軍事會議吧。」

高飛剛準備開口，便見卞喜從外面走了進來，趕忙問道：「南岸有何動靜？」

卞喜彙報道：「主公，南岸一切正常，不過，在卷縣沿岸似乎有秦軍騎兵隊伍出沒。屬下一路尾隨，才看清楚那支騎兵隊伍的領頭人是曹休，率領的騎兵都是魏國的虎豹騎，一共五百騎。」

「很好，你辛苦了，先下去休息，反正我們的糧草和軍隊都還沒有到位，暫時按兵不動，去將荀軍師請進大帳來，告訴他，一會兒就要舉行軍事會議，請他務必儘快趕來。」

「諾！」

卞喜轉身而出，大帳內，高飛準備等荀攸到來後再行舉行會議，於是和五虎將敘敘家常，有說有笑的，好不熱鬧。

沒過多久，荀攸匆匆趕來，見大帳內一派祥和的氣氛，徑直走到高飛的面前，拜道：「主公恕罪，屬下剛才一時抽不開身，讓主公久等了。」

「沒事，坐吧。」

待荀攸坐定後，高飛朗聲道：

「如今糧草以及各位將軍都在來的路上，此次去中原，說是朝見天子，但是據悉馬騰的十萬西涼鐵騎已經出了函谷關，加上馬超所部的三萬騎兵，整個司隸足有十三萬騎兵，這個兵力，對於任何一個人來說，都是一種壓力。

「我軍有軍隊三十萬，騎兵才不過十五萬，而馬騰父子這次就動用了十三萬騎兵，實在不可小覷。更何況，西涼鐵騎的兵源大多來自羌胡，單從上次子龍和馬超對決中便不難看出，西涼鐵騎的戰鬥力絕非尋常。所以必須想個萬全之策。」

「主公，馬超軍已經有了新的動向，正向官渡逼近，曹操也向官渡逼近，官渡地廣人稀，乃是平原，易於屯兵，以屬下的推測，馬超極有可能將官渡定為各王朝見天子的地點。那麼，一場大戰將在所難免，我軍不如後發制人。」荀攸道。

徐晃抱拳道：「軍師言之有理，以屬下之見，不如**明修棧道，暗渡陳倉**，主公揚言從卷縣登岸，在此虛張聲勢，卻暗中走孟津渡，一旦越過黃河，先去函谷關，截斷馬超、馬騰歸路，洛陽舊都一帶山多關險，易於防守，只要死死的將西涼兵馬堵在司隸當中，並且加以圍困，用不了多久，西涼兵馬沒了糧草，定然會不戰自亂，到時一舉擊破西涼兵馬，乘勢西進關中，可以取得意想不到的效果。」

高飛覺得徐晃的建議耳目一新，對徐晃突然有一種另眼相看的感覺，心中讚道：「徐晃不愧是五子良將之一，所獻之策果然有可取之處。」

趙雲聽後，說道：「主公，徐將軍之策太過冒險，馬騰十萬西涼鐵騎出秦川，進入司隸之後，豈能不知道司隸的重要性，必然不會帶領所有軍隊奔赴官渡和馬超會和，而是留下一部分兵力嚴守關隘，這樣一來，就算我軍渡過黃河了，也不能展開速攻，只會給西涼兵製造機會，一旦援兵一到，我軍只怕會受到前後夾擊。」

黃忠也有自己的看法，當即說道：「屬下以為，劍走偏鋒未嘗不是一件好事，如果能夠雙管齊下的話，或許能夠收到意外的效果。」

「哦，老將軍……不，黃將軍請直言。」高飛對黃忠的話來了興趣。

「公明的計策應該說是出其不意，但是子龍的擔心也不無道理，屬下以為，不如派出一支奇兵從孟津渡偷襲西涼兵，而主公卻仍舊帶領大軍去朝見天子，一旦馬騰知道後方有人襲擾，必然會想法設法予以剿滅，便不能全心全意的對付正前方的敵人，這樣可以使得他首尾不能相顧。」黃忠解釋道。

「三位將軍都言之有理，可是，你們不要把矛頭全部指向馬騰和馬超，還有一個人絕對不能忽略。」太史慈突然站了起來，忍不住道。

「誰？」黃忠、趙雲、徐晃齊聲問道。

「那還用說嘛，就是那個**曹孟德**啊！剛才卞喜不是說的很清楚嘛，徘徊在卷縣沿岸的秦軍是曹休帶領的虎豹騎假扮的，這還不足以說明一個問題嗎？肯定是那個曹孟德又動壞主意了，想堵住渡口，不讓我們過去。曹操和主公之間有著微妙的關係，而且曹操占據著兗州、豫州、徐州和青州的絕大部分，別忘了臧霸還在平原郡駐守防範著曹操呢，主公不也說過嘛，雖然和曹操簽訂了盟約，那只是暫時的，如今兩年過去了，雙方雖然沒有摩擦，但是就黃河沿岸來看，已經是劍拔弩張了。」太史慈大聲說著，生怕別人把他給忽略了。

太史慈的這番話，倒是讓眾人陷入了沉思。**燕軍要是想入主中原，那麼曹操必然是燕軍的頭號敵人**，這一點，在整個燕軍內部是很明確的。同時，**作為占據中原的曹操，勢必也會將燕軍視為頭號敵人**，要想向南發展，必須要先解決北方的巨患。

燕軍和魏軍簽訂的盟約，從某種意義上來說，**非但沒有解除兩國之間的矛盾，反而讓矛盾越演越烈**。

但是，雙方都是在暗中進行著較量，誰也不敢輕易毀壞盟約，畢竟現在雙方都需要一個和平的時期去發展，尤其是魏國，徐州、豫州殘留的問題一直未得到解決，加上大旱、蝗災造成的後果，使得魏國不敢有任何異動，只能在暗地裡隱忍著。

「看來，軍事學校的開設，是我的明智選擇，短短兩年時間裡，你們都已經成為獨當一面的大將了，燕國五虎將的名聲將在官渡為世人所知！好了，你們的意思我大致都明白了，你們先回去吧，容我和軍師再商量商量。」

「諾！」

荀攸見黃忠、趙雲、徐晃、太史慈、甘寧都走了，便抱拳道：「不知道主公當採取何策？」

「軍師以為呢？」高飛反問道。

「屬下以為，黃將軍之言倒是中肯，主公可以正面吸引馬超、曹操的注意力，另外一方面則派遣一支偏軍偷渡孟津，在西涼兵背後進行襲擾，這樣的話，西涼兵就會首尾不能相顧，在一定程度上可以影響到馬騰父子的決策。」荀攸道。

「嗯，此言正合我意。只是，派誰去呢？」高飛在選擇偏軍主將的時候犯了嘀咕，輕聲問道。

「主公帳下五虎將已經到了四員，尚有文醜還未趕來。但是與此五人相比，屬下以為徐晃更能勝任此事。」荀攸道。

「徐晃？」高飛意外地道。

「主公，徐晃忠勇俱佳，也頗有謀略，近年來，駐守黃河沿岸以防止東郡的魏軍，做的事情都是實打實的。並且，徐晃是河東人，對司隸一帶的地形要清楚得多，以他為主將，屬下以為比任何人都勝任。」

「嗯，那就依軍師之見，以徐晃為偏軍主將，另外，再以周倉、廖化、王文君、高林為其副將，以勁旅三千人開赴孟津渡。」高飛道。

話音落下之後，荀攸便帶著高飛的命令去找徐晃，並且挑選三千精銳步卒交付給徐晃。

之後一連兩天，燕軍始終按兵不動，既然已經失去了渡河的先機，也只有後發制人了，否則在渡河的時候，被曹休擊其半渡，那就真的糟糕了。

兩天後，燕軍押運糧草的隊伍陸續到來，文醜、張遼、張郃、龐德等人也帶著五萬騎兵浩浩蕩蕩的抵達了黃河岸邊，燕軍兵力增至十萬。

大軍到來後，高飛舉行了一次盛大的聯歡晚會，燕軍中重要的謀士、將軍幾乎全部到齊，除了少數人留守後方外，高飛第一次動用了燕國的所有精銳，為的就是在這一次行動中，一舉奪得天子北歸。

第三天，徐晃、周倉、廖化、王文君、高林便帶著三千士兵悄悄地離開了大軍，先行奔馳到河內，然後再從河北南渡黃河。

與此同時，黃河南岸卷縣渡口的密林裡，曹休帶著五百精銳的虎豹騎偽裝成秦軍，已經在這裡待了好幾天了，每天都會來遙望黃河的河面，可是卻從未發現有人渡河，別說一葉扁舟，就算是一片樹葉也很難見到，除了滾滾的黃河水之外，再也看不到其他的東西。

這日午後，曹休像往常一樣命令士兵在密林裡休息，連續幾天來，他們不敢埋鍋造飯，吃的都是隨身攜帶的乾糧，就是怕有人發現他們隱藏在密林裡。

「都尉大人，你看屬下帶回什麼來了？」一個屯長將雙手背在後面，一臉喜悅地跑到曹休的身邊，屁顛屁顛的說道。

曹休斜靠在一棵大樹的下面，正在閉目養神，聽到聲音後，睜開眼睛，看了一眼那個屯長，道：「你小子準沒好事，能帶什麼回來？」

那屯長嘿嘿笑了笑，從背後拎出一隻野兔，在曹休的面前搖晃道：「都尉大人，咱們都在這裡守了好幾天了，別說是人了，連個鬼影都沒有見到，再說，咱們帶來的乾糧也快吃完了，這幾天兄弟們肚子裡都沒有油水，想開開葷，屬下專程給都尉大人送來了野味，一會兒烤烤吃了，怎麼樣？」

「好啊，這隻野兔能夠五百弟兄們吃的嗎？我看，不如將你烤了來吃還差不多。」曹休打趣道。

屯長臉上一怔，隨後道：「都尉大人，咱們守了好幾天了，什麼都沒有，而且好不容易打到了野味，大人又不讓生火，這把兄弟們給饞壞了。再說，大人不也是好久沒有吃野味了嘛，不如這回就破例一次，讓兄弟們打打牙祭，屬下保證，吃完這頓之後，立刻把火給熄滅了。」

曹休也理解自己的屬下，見那屯長一再的要求，又環視了一圈周圍的兄弟們，見他們眼中都露出強烈的渴求。

「好吧，不過，只此一次，下不為例。」

最後，曹休終於妥協了，認為這麼久都沒見燕軍出沒，肯定是走其他渡口了，再者，這裡荒無人煙，就算生火做飯，也未必能夠有人知道。

「多謝都尉大人，屬下一會兒將烤好的野兔送來給大人吃。」

「嗯，去吧。」

屯長一轉身，便立刻將手中拎著的野兔給舉得高高的，歡呼道：「兄弟們，都尉大人同意了，大家開始吃野味了！」

話音一落，但見數百名士兵不約而同的站了起來，同時將自己藏起來的各種野味給高高的拋了起來，琳琅滿目的野味漫天飛舞。

曹休看後，當下大吃一驚，心想這幾天以屯為編制，分出五個屯在不同的地方進行駐守和巡視，除了他帶領的那一屯兄弟沒有野味外，其餘的四屯兄弟都拿著各種野味，什麼野豬、野兔、野雞什麼的應有盡有。

直到這個時候他才恍然大悟，原來讓他們去巡視，結果都跑去打獵了，怪不得這幾天他聽到附近野獸的咆哮聲越來越少了呢，敢情都被獵殺完了。

沒過多久，士兵們便開始聚集在一起，埋鍋造飯，將所有的野味都匯總在一起，統一進行烹飪或者烘烤。

不多時，嫋嫋炊煙便從密林中升起，飄向了高空中。

「大王，剛剛斥候來報，說黃河沿岸卷縣地界發現可疑小股部隊，他們偽裝成我軍將士模樣，卻不知道在那裡做什麼，又是什麼人。」陳群急急走進大廳，見到馬超後，立刻向馬超報告道。

「何人安敢如此？」馬超氣憤地道。

「斥候在四周所打探的消息都匯總了過來，燕軍集結十萬兵力在黃河北岸按兵不動，絲毫沒有過河的意向，而曹操帶領五萬大軍已經進駐官渡，屯兵在官渡東部的張家村。劉備、劉璋、孫堅等人皆沒有任何動向，以屬下推測，那股部隊應當是曹操的部下。」陳群道。

「那以你之見，曹操這是什麼意思？」馬超問道。

「屬下不知，或許是不希望燕軍渡河，所以才如此作為。」

「咦？高飛和曹操不是簽訂了盟約嗎，曹操為什麼要這樣做？」

「大王，表面上如此，實際上燕國和魏國確實劍拔弩張，暗中較量。燕國實力驚人，雄踞河北，燕王更是雄心勃勃，如果他想要問鼎中原，曹操就是他最大的障礙。相反，曹操此人也是一個梟雄，肯定無時無刻想著怎樣吞併河北，兩個人之間的矛盾便由此產生。」

「既然如此，那就姑且不用去理會了，只要曹操不來惹我，我們就可以利用燕軍和魏軍之間的矛盾進行挑唆。對了，張繡、錢虎帶領的大軍是否進入官渡？」

「前鋒兩萬騎兵已經全部到達指定地點，和曹操的大營相距三十里，只等大王和涼王大軍到來。不過，大王，要是任由曹操胡作非為的話，豈不是在放縱他？屬下以為，不如派遣一支偏軍，去收拾掉那一小股兵力，反正他們偽裝成是我們的兵馬，就算開戰，我們也可以用剿滅叛軍為由，先讓曹操嘗嘗我軍的苦頭。」

「好。不過，現在父親正趕往這裡，王允、楊彪都在虎牢關內，本王絕對不能離開此地，你看，當以何人為將，去做這件事？」

「大王帳下宣義校尉王雙可擔當此任。」陳群道。

「王雙？就是那個公然頂撞本王的小子？」

「就是他。此人有萬夫莫敵之勇，大王帳下良將不多，不能因為一時的頂撞而抹殺了一員大將，屬下懇請大王將王雙放出來，讓他戴罪立功，為大王效力。」

馬超一想起王雙就來氣，想起兩天前王雙喝醉酒，公然頂撞他的事來就恨得牙癢。不過，陳群的話也不是沒有道理，他軍中良將很少，而王雙武力過人，堪稱一絕。

馬超仔細地想了想後，便點點頭說道：「好吧，就讓他去吧，你去傳令，把他從牢裡放出來。」

「諾！」

「將軍，你看，那邊有煙！」一座山頭上，全副武裝的秦軍士兵指著遠處密林中嫋嫋的炊煙，興奮地說道。

為首一人，策馬向高坡走了兩步，舉目眺望，但見四野裡靜寂異常，除了遠處密林裡散發出來的炊煙外，再無其他動靜。

他嘴角揚起一絲笑容，緩緩道：「真是踏破鐵鞋無覓處，得來全不費工夫，本將耗費了半天的時間都沒有找到他們，這次可真是巧了。」

馬背上的人身長九尺，一臉的橫肉，身材魁梧，手中握著一把六十八斤重的大刀，胯下騎著的是一匹千里馬，馬項上拴著一張兩石鐵胎弓，腰中暗藏著三個流星錘，一扭臉對身後的五百名騎兵吼道：

「弟兄們，此次是我王雙第一次出征，你們都是我的部下，我立功了，你們也會跟著升遷，咱們去殺那些偽裝成我軍的人，大王面前，肯定重重有賞。」

「諾！」

話音一落，王雙將手中大刀向前一揮，身後五百名騎兵便和他一起從山坡上急速而下，順著那彎曲的小道，向著前方的密林而去。

密林裡，曹休和五百將士正津津有味的吃著燒烤的野味，昨天曹休讓士兵野炊了一頓，可是大家仍是意猶未盡，加上昨天也沒有引起什麼麻煩，於是眾位士兵又要求曹休再放寬一天，將昨天剩餘的一半獵物全部拿出來烤了。

人都有這種毛病，曹休也不例外，心想昨天既然沒事，今天也肯定沒事，便再一次同意了士兵的要求。

朝陽初升，薄薄的霧氣剛剛散盡，密林中花草的葉子上還掛著晶瑩的露珠，一切都是那樣的安詳。

曹休靠在一棵大樹的旁邊，手裡提著一根烤好的野豬腿，正在享受美味的同時，不禁發出感嘆：「有肉無酒，倒是少了一番雅致。」

在他身邊的一位親兵聽到曹休的話後，便湊了過來，小心翼翼地問道：「都尉大人真的想喝酒嗎？」

「呵呵，我只是說說罷了，這裡前不著村，後不著店的，哪裡能找來酒啊。」曹休邊吃邊說道。

「都尉大人請看！」親兵說著，便從懷中掏出一個水囊，在曹休的面前輕輕地搖晃了幾下，笑嘻嘻地說道。

「你小子，來消遣本都尉是不是？拿水來當酒啊？」曹休舉拳要打，調侃地道。

親兵道：「都尉大人別急著動手，屬下這裡面裝的真的是酒，不信，屬下打開之後，都尉大人聞聞。」

曹休聽後，臉色立刻陰沉下來，將口中還來不及吞下去的野豬肉給吐了出來，一把搶過那親兵手裡拿著的水囊，怒道：

「大膽！本都尉臨行前吩咐過多少次！此次行動事關重大，所有人員一律不得私自夾帶酒水！你作為我的親兵，居然敢知法犯法，可知錯？」

親兵本想討好曹休，哪知道曹休居然翻臉不認人，他知道曹休向來執法如山，驚慌之下，急忙跪下求饒道：「屬下該死，屬下該死，請都尉大人懲罰！」

「你是該死！」曹休打開水囊，立刻聞到一股撲鼻的酒香，直入心脾。

「都尉大人！我等請求饒都尉大人一命！」此時，圍繞在曹休周圍的一百名親兵不約而同地跪在地上，為那名親兵求饒。

「你們……你們這是幹什麼？」

親兵屯長道：「都尉大人，要罰的話，就罰屬下吧，讓他們帶酒的人是我。屬下知道都尉大人喜好飲酒，此次來到這個地方，屬下怕都尉大人酒癮犯了，臨行前，便讓眾位兄弟每人各帶了一水囊的酒，以供都尉大人過過酒癮。」

「我等均違抗了都尉大人的命令，請都尉大人一併責罰！」其餘人異口同聲地道。

曹休看到這一幕，就算是想殺人也不能了，總不能全部殺死吧。

看到這百名親兵願意同生共死，他感到很欣慰。於是，想了想道：「你們都起來吧，正所謂法不責眾，你們也是為了我好，今天的事就這樣算了，以後誰敢再犯我的禁令，可別說我曹休無情！」

「多謝都尉大人！」

曹休見眾人臉上都帶著疲憊，也有點心疼，畢竟他們藏在這個密林裡已經好幾天了，密林中充滿了瘴氣，還有蚊蟲叮咬，士兵們在這種艱苦的環境下還能堅持著五六天，已經是相當不錯了。

他覺得自己很對不起士兵，剛好手裡拿著酒，便朗聲說道：「弟兄們，將你們手中的酒分給其他的兄弟們，每人一口，今天一起過過酒癮，等回到昌邑，本都尉親自宴請你們！」

「都尉大人威武！」眾位士兵歡呼道。

「魏軍威武！」曹休振臂叫道。

「魏軍威武！都尉大人威武！」眾人齊聲叫了起來，聲音如波浪般遠遠地傳了出去。

在空曠的野外，就算是一隻鳥的叫聲都能聽得很清晰，更別說是五百將士的齊聲呼喊了。此時，在前往黃河岸邊密林的一條小道上，王雙騎著駿馬，帶著五百名騎兵，人銜枚，馬裹蹄，正緩緩地向著密林而去。

王雙和其他人一樣，都聽到了呼喊聲，臉上洋溢著興奮之色，各個摩拳擦掌，期待著一會兒的戰鬥。

王雙帶著眾人，在距密林還有五里的地方，便讓士兵停下，喚來手下的幾個屯長，說道：「你們四人各自帶著兄弟，兩屯為一隊，迂迴到密林左右兩側，從側面進攻，我帶著餘下的一百名兄弟從正面進攻，務必要將那撥敵人逼到黃河裡去。」

「諾！」

吩咐完畢，王雙的五百名騎兵立刻分成三撥，兩百名在左，兩百名在右，王雙親自率領一百名騎兵向密林衝去。

密林裡，酒足飯飽後的曹休和眾位將士不忘滅掉地上的篝火。

曹休站起身來，摸著鼓鼓的肚子，一臉笑意地說道：「這兩天可真是好好祭奠了我的五臟廟了，但是再一再二不能再三，今天過後，無論如何都不能再埋鍋造飯了，只怕會引來不必要的麻煩。」

手下的人齊聲答道：「諾！」

話音剛落，一個士兵慌忙跑了過來，來到曹休面前，當即單膝下跪，朗聲道：「都尉大人，南方忽然出現秦軍，正向我們這裡趕來。」

「哦？有多少人？」曹休急忙問道。

「大約一百名騎兵！」

「區區一百名秦軍騎兵何足掛齒，別忘了，我們是虎豹騎，可是大王帳下最為精銳的部隊，天下無敵，有本都尉在，誰敢來撒野……」

話音未落，又有兩名士兵急速跑了過來，分別報告左右兩側也有秦軍士兵出沒，正向他們這裡駛來。

曹休皺起眉頭，這才知道，這並不是秦軍的巡視，而是他們這兩天吃燒烤吃出來的問題，一定是炊煙引起了秦軍的注意。

他忿忿地罵道：「奶奶個熊！沒等來燕軍，倒把秦軍給引來了。兄弟們，管他來的是什麼人，這幾天我們在這裡憋屈了那麼久，也是時候大展身手了，殺秦軍一個片甲不留！」

「殺秦軍一個片甲不留！魏軍威武！都尉大人威武！」

曹休雖然只有十八歲，但是身上有著一股傲氣。加上武藝不錯，治軍嚴明，頗曉兵法，深得曹操的器重。

喊聲完畢，曹休當即作出部署，對屬下道：「都說秦軍騎兵厲害，今天我們就要和秦軍騎兵一較高低。但是，這片密林不易展開行動，大家都隨我退到黃河岸邊，**咱們背水一戰，不把秦軍徹底擊垮，咱們誓不甘休！**」

「諾！」

一聲令下，五百名虎豹騎迅速翻身上馬。

曹休全身披掛，立刻顯出一副鐵骨錚錚的男兒樣子，帶著五百騎兵迅速向黃河岸邊退卻。

等到王雙等人到達指定地點時，發現地上除了殘留的篝火和一些骨頭外，別無他物。

除此之外，王雙發現遺留下來的馬蹄印是朝黃河岸邊去的，冷哼一聲，暗暗想道：「看來，帶領這撥騎兵的將領還頗曉兵法，知道使用背水一戰。不過，此一時，彼一時，我王雙可沒有那麼笨。」

「將軍，看情形，敵人是逃到黃河岸邊去了，這裡地處密林，不適合騎兵作戰，敵人去了空曠的岸邊，看來是想和我軍決一死戰了。」

王雙道：「有我在，任憑他如何決一死戰，也都於事無補！都跟我來！」

一聲令下，五百騎兵便跟著王雙一起向黃河岸邊駛去。

黃河岸邊，曹休帶著五百虎豹騎早已擺開陣勢，在狹長的黃河沿岸上做出了背水一戰的姿態。

不多時，曹休見有大批秦軍騎兵從密林裡出來，馬上下令道：「放箭！」

五百名虎豹騎早早就暗中扣住箭矢，聽到曹休的一聲令下，便立刻進行射擊，箭矢飛舞著朝密林裡射了出去。

王雙見狀，立刻讓士兵散開在兩翼，他自己一個人騎著千里馬，如同一道絢麗的彩虹，從密林中急速的衝了出來，手中大刀舞成一個刀網，撥開所有射來的箭矢，面目猙獰地望著排列在黃河岸邊的曹休等人，大聲地吼道：

「吾乃秦王帳下宣義校尉王雙，前面假冒秦軍的將領報上名來！」

一通箭矢過後，曹休見沒有傷到秦軍任何人，主要是秦軍有密林掩護，箭矢大多射在了樹上，加上秦軍騎兵移動過快，迅速的散開到兩翼，致使襲擊落空。

他見王雙單騎衝了過來，勇不可擋，自己躲在最後，大聲道：「某乃魏王帳下虎牙都尉曹休，特來取你首級！」

王雙冷笑一聲，更不答話，拍馬舞刀衝了過去！

曹休帶著部下已經退到岸邊，見王雙單刀匹馬的從正面衝來，不禁覺得王雙太過魯莽。不過，他對王雙那密集的刀網佩服不已，單從王雙用大刀劈斬射向他的箭矢來看，武力就已經不俗了。

他看著從兩翼的土堆上湧來的秦軍騎兵，喝令道：「弟兄們，我們的後面是黃河，已經到了沒有後路的地步了，要想活命，只有死戰。」

「死戰到底，絕不退縮！」五百虎豹騎的戰鬥心一下子被激發起來，大聲地喊道。

「抽刀！」曹休率先抽出自己挎在腰裡的馬刀，亮出寒光閃閃的白刃，同時對身後的騎兵喊道。

「刷！」整齊的響聲，五百名虎豹騎同時抽刀而出，目光中帶著炙熱，身上的血液也似乎在一瞬間沸騰起來。

虎豹騎是魏國最精銳的一支部隊，不僅裝備精良，每一個士兵都是經過嚴格挑選的，而虎豹騎的統領，只有曹操的親族才能擔任。

曹休雖然年少，卻在虎豹騎中擔任了一年多的都尉，每逢戰陣，首先衝在最前面的便是他，就連統領整個虎豹騎的校尉曹純都敬讓他三分。

王雙正在急速奔馳，看到敵人已經排列整齊，二話不說，立刻將手中大刀揚起，在空中做了一個虛劈，大聲地吼道：「殺！」

一聲令下，左右兩翼衝出的秦軍騎兵紛紛從背後拿出長約半米的梭槍，在距離河岸還有一段距離的時候，便借用手臂的力量，將梭槍向前投擲過去。

曹休還是第一次見到這樣的打法，敵人明明背上背著弓箭，卻不射箭，反而投擲梭槍。

他絲毫沒有感到害怕，一夾座下戰馬，大聲喊道：

「迎戰！」

呼啦一聲，五百名虎豹騎迅速分成兩列，向左右兩翼的秦軍將士衝了過去，曹休則獨自一人揮舞著手中的馬刀去迎戰王雙。

「噗！噗！噗！」

幾十個衝在最前面的虎豹騎本想用刀撥開梭槍，哪知道梭槍看似巨大容易遮擋，實則速度飛快，而對方似乎是十個人投擲一個目標，剛撥開一個梭槍，身上其他幾處要害便立刻中槍，就連胯下戰馬也都被梭槍刺死。

「哇……」

慘叫聲在曹休的耳邊不停響起，曹休咬緊了後槽牙，懷著一顆悲憤的心向王雙奔了過去。

請續看《三國疑雲》第五卷 幽靈騎兵

三國疑雲 卷4 女神甄宓

作者：水的龍翔
發行人：陳曉林
出版所：風雲時代出版股份有限公司
地址：10576台北市民生東路五段178號7樓之3
電話：(02) 2756-0949
傳真：(02) 2765-3799
執行主編：朱墨菲
美術設計：吳宗潔
行銷企劃：林安莉
業務總監：張瑋鳳

初版日期：2022年4月
版權授權：蔡雷平
ISBN：978-626-7025-39-0

風雲書網：http://www.eastbooks.com.tw
官方部落格：http://eastbooks.pixnet.net/blog
Facebook：http://www.facebook.com/h7560949
E-mail：h7560949@ms15.hinet.net
劃撥帳號：12043291
戶名：風雲時代出版股份有限公司

風雲發行所：33373桃園市龜山區公西村2鄰復興街304巷96號
電話：(03) 318-1378
傳真：(03) 318-1378
法律顧問：永然法律事務所 李永然律師
北辰著作權事務所 蕭雄淋律師

行政院新聞局局版台業字第3595號 營利事業統一編號22759935

定價：290元

國家圖書館出版品預行編目資料

三國疑雲 / 水的龍翔著. -- 初版. -- 臺北市：風雲時代出版股份有限公司, 2022.01- 冊； 公分

ISBN 978-626-7025-39-0（第4冊：平裝）--

857.7 110019815